오늘밤 주제는 사랑

오늘밤 주제는 사랑

오늘밤 주제는 사랑

사랑한,
사랑하고 있는,
사랑할

이 세상 모든
연인들을 위하여

이명인 지음

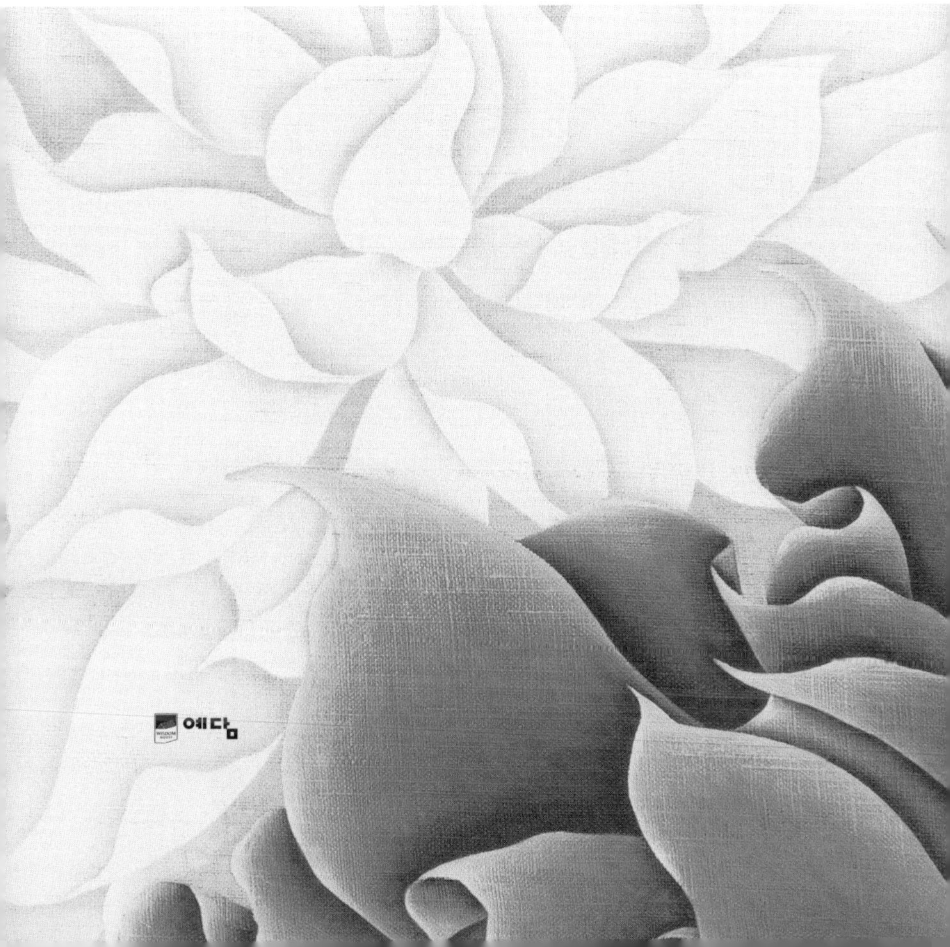

예담

스스로 완벽하여
종교도 되고 흰소리도 되는

사랑, 참 고맙다. 인간에게 사랑이 없었다면 이 세상 예술품의 상당 부분은 태어나지도 않았다. 또 이 세상 건축물의 상당 부분도 없을 것이고, 우리가 먹고 입는 것들 중 많은 부분도 없을 것이다. 사랑은 모든 것의 원동력이다.

사랑은 밥이다. 우체통이다. 금붕어다, 컴퓨터다, 화초다, 압력솥이다, 폭력이다, 무기다, 질병이다, 지독한 외로움이다, 욕망이다, 행복이다, 따스한 아랫목이다…….

그 어떤 것을 붙여도 다 이유가 되고, 다 그럴 듯한 게 사랑이다.

이런 많은 정의가 있음에도 불구하고 나는 '사랑은 종교다'라고 새삼 정의해본다. 워낙 사랑에 대한 정의가 난무하니 벌써 누군가 내린 정의일지도 모르겠다.

사랑은 절대적이고, 맹목적이며, 행복의 근원이며, 생명을 주고, 생명을 빼앗으며, 생명을 이어가는 힘이다. 인류 태초부터 종말까지 이어질 것이며, 무엇보다 윤리나 도덕이라는 잣대로 잴 수 없다. 스스로 완벽하기 때문이다.

그러나

이 완벽함 때문에 여기다 갖다 붙일 수도, 저기다 갖다 붙일 수도 있다.

특히 운명적인 사랑이야말로 가장 순수하고 가장 고귀하지만, 그 반대로 가장 추잡하게 이용당한다.

소위 사랑을 좀 가지고 놀았다고 자부하는 한량들의 사랑이 그렇다. 돌고 돌다 중늙은이가 되어서 만난 사랑을 그제야 운명적인 사랑 운운하며, 젊었을 적 소비한 욕정을 덮는 포장지로 이용하는 사람들을 보라. 그들이 말하는 운명적인 사랑이란 사랑하는 상대방이 아니다. 자신의 나이가 운명이다. 더 이상 사랑을 희롱질할 만큼 젊지 못한 나이.

또 자기중심적인 유아기의 단계를 벗어나지 못한 채 집착과 사랑을 구분하지 못한 사람들이 복음처럼 들고 나온 것 역시 운명적인 사랑이다.

남의 가슴에 비수를 들이대고 쟁취한 사랑에도 운명적인 사랑이라 이름 붙인다.

그러나 이 화려한 빈 수레가 떠들고 요란 떠는 것에 마음을 빼앗기면 바보다. 그것들을 모방하고 싶어 안달하는 것은 더 바보다.

내가 이 글을 쓰면서 진짜 하고 싶은 말인지도 모른다. 대부분의 아름답고 소박한 사랑은 가장 사적인 공간에서 이루어지며 조용하여 알려지지 않았다.

그리고

운명적인 사랑을 기다리지 마라. 모든 운명이 아름다운 게 아니듯이 운명적 사랑 역시 그렇더라.

지구를 통째로 들어 올릴 게 아니라면 남의 가슴에 비수를 꽂는 사랑은 하지 마라. 자기 가슴에 두 배의 비수가 꽂히더라.

사랑도 결국 사람 사는 일의 일부더라.

비 오는 이른 아침, 따스한 불빛의 쇼윈도 안에서 풍기는 빵 냄새처럼 뭇사람도 덩달아 행복한 그런 사랑이 하기도 좋고, 보기도 좋더라.

이런 나의 말은 온당하지 않다. 왜냐하면 따스한 밥 한 사발도 되고, 화려한 만찬도 되는 숱한 사랑을 들여다보았으면서도 난 여전히 사랑이 무엇인지 모르기 때문이다.

그러니 사랑할 수 있을 때 사랑하라. 사랑이 와도 식은 잿밥처럼 멀뚱해질 날도 있으리니.

1 사랑에 빠져들다

2 사랑 참 어렵다, 많이 힘들다

3 외로우니까 사람이다

4 사랑에 머물다

사랑은 가로막는다고 멈출 수 있는 게 아니다

다짐해서 잊히는 게 아니다

세상에서 숨길 수 없는 게 가난과 재채기와 사랑이라 하지 않았나

1 사랑에 빠져들다

얼음처럼 차가운 마음에
사랑이 오다

캐서린 햅번

사랑은 내가 선택할 수 있는 것이 아니라 나에게 찾아오는 것이다

캐서린 햅번Katharine Hepburn (1907~2003)

브린모어 대학에서 역사와 철학을 공부했지만 학자나 교수가 아니라 배우를 꿈꾸었다. 열아홉 살부터 브로드웨이 무대에서 활동하다가 1932년 〈이혼증서〉로 영화에 데뷔한 후, 허스키한 목소리와 불가사의한 매력으로 큰 인기를 얻었다. 또한 또렷한 광대뼈와 적갈색 머리, 상류층 억양 등의 특징 덕분에 주로 강인한 캐릭터의 여성을 연기했으며 할리우드에서 지적인 여배우로 평가받아왔다. 1981년 일흔네 살의 나이에 영화 〈황금연못〉으로 아카데미상을 받는 등, 아카데미상 후보에 열두 번이나 오르고, 네 번 수상하는 기염을 토해 '할리우드의 전설'로 불린다.

의사 아버지와 여성 운동가 어머니 사이에서 태어나 유복하고 자유롭게 자란 여자가 있다. 배우인 이 여자는 연기에 대한 생각도 뚜렷해 타인의 의견을 수용하는 데 인색했고 매사에 자기주장이 강했다. 뿐만 아니라, 타인의 시선 따위도 아랑곳하지 않아 당시로서는 엄두도 내지 못한 단순한 디자인의 셔츠와 헐렁한 팬츠, 낮은 구두를 신고 거리를 활보했다. 프랑스에서는 호텔 로비에서 여자가 바지를 입고 돌아다니는 걸 금할 정도로 여성의 바지 패션은 낯설고 심기 불편한 것이었다. 하지만 그녀는 자신의 스타일을 굽히지 않았으며, 곧 매니시룩이란 패션을 유행시켰다.

고집이 세고, 지적인 이 여자는 결혼했으나 6년 만에 이혼하고 혼자가 되었다. 이혼하면서 "사랑하고 존중하고 복종하는 일이란 끔찍하게 쓸모없는 짓"이라며 혀를 내둘렀다.

이런 여자에게 다시 찾아온 사랑은 어떤 빛깔일까. 혹시 연리지 같은 사랑은 아니었을까. 열정적이되, 자신의 색깔은 고수하는, 밤나무는 밤을 맺고 상수리나무는 상수리를 맺은 채 두 줄기가 맞붙은 나무.

그러나 그녀가 택한 사랑의 방정식은 의외였다.

순종. 누구보다 독립적이고 도도했던 캐서린 햅번이 다시 시작한 사랑을 한마디로 요약하면 순종과 희생이었다. 그녀는 사랑하는 남자가 자고 있는 호텔방 복도에서 새우잠을 자는 것도 마다하지 않았다. 만취한 채 잠들어 문도 열지 않는 남자가 행여 부르기라도 하면 달려가기 위해서였다. 남들 앞에서 사랑하는 남자와 논쟁이 벌어지면 그녀는 할 말을 슬쩍 삼키기도 했다. 자신 역시 유명한 여배우였고, 지적이고 당찬 사람이었으면서도.

사랑은 빛과 같아서 그것이 어떤 대상에 부딪치느냐에 따라

다양한 색과 모양으로 굴절된다. 그렇더라도 스펜서 트레이시 Spencer Tracy에 반사된 캐서린 햅번의 사랑은 의외의 문양으로 나타나 놀라움을 자아낸다. 그녀는 1991년 회고록에 이렇게 썼다.

> 사랑은 희생을 의미합니다. 무척이나 자기중심적인 내가 희생한다는 건 쉽지 않았습니다. 그는 싫어하는 게 많았고 그의 요구에 맞춰 나는 바뀌어야만 했죠. 나는 그가 좋아하는 음식을 먹었고, 그가 좋아하는 일을 했고, 우리의 삶의 중심은 그였습니다. 나는 그가 행복하고 안전하고 편안한 삶을 살기 원했습니다. 그래서 그가 싫어하는 내 모습을 바꾸고자 했습니다. 내가 제일 좋아하는 내 성격의 어떤 부분도 그가 싫다고 하면 아주 멀리 떠나보내야 했습니다.

'사랑하고 존중하고 복종하는 일이란 끔찍하게 쓸모없는 짓'이라고 했던 그녀의 입에서 나온 말이다. 사랑이 캐서린에게 무슨 마술이라도 부렸던 걸까. 사람은 일평생 무언가 하나 이상에는 무릎을 꿇어야 하는가 보다. 캐서린 햅번은 사랑 앞에, 스펜서 트레이시 앞에 무릎을 꿇었다. 우리말에 '임자 만났다'라는 말이 있는데, 캐서린 햅번에게 스펜서 트레이시가 임자였는지 모른다. 사랑의 임자. 그러나 그 사랑의 임자가 그리 낭만적인 것만은 아니었다.

사랑만큼 거리가 좁은 게 있을까. 물리적으로나 정신적으로 사랑하는 사이만큼 거리가 좁은 것도 많지 않을 것이다. 손으로 만지고 포옹하는 육체적인 것뿐만 아니라, 심리적·정신적으로 사랑하는 이들은 밀착되어 있다. 처음 사랑을 시작하는 이들이 경험하는 설렘과 낯섦도 실은 거리감 때문이다. 또 너무 밀착되어 상대방의 사생활까지 속속들이 알고 싶은 욕망은 많은 불화를 낳기도 한다. 반대로 좁혀지지 않는 거리감 때문에 좌절하기도 한다. 그래서 사랑하는 사이에서 '거리'는 좁혀지거나 멀어지며 긴장과 갈등을 유발하는 요소가 된다. 너무 가까우면 답답하고, 너무 멀면 의심과 불안으로 자멸하고 만다. 한 지붕 아래 살면서도 천 리의 거리감에 괴로워하기도 하고, 천 리를 떨어져 있으면서도 서로의 밀착된 정서로 행복해 한다. 이렇듯 사랑하는 이들에게 거리감은 의외로 조절하기 힘든 숙제다. 거리감은 소유욕과 맞물린다.

캐서린 햅번과 스펜서 트레이시는 보통의 사랑하는 남녀보다 이 거리 조절에 몇 배의 신경을 써야 하는 커플이었다. 둘은 언제든 기자의 펜대에 발가벗겨질 수 있는 배우였다. 더구나 스펜서는 이미 아이가 둘이나 있는 유부남이었다. 배우의 불륜만큼

씹기 좋은 안줏감이 또 있을까. 이런 경우 가장 흔한 모습은 몇 년간의 사랑에 곤죽이 되도록 지치거나, 어느 한쪽이 사랑의 소유권을 주장하면서 파경을 맞는 것이다. 대체로 유부남이 가정으로 돌아가거나 새로운 가정을 만들면서 끝이 난다. 운이 좋으면 스캔들 없이 조용히 마무리되지만, 그렇지 않은 경우 호된 상처를 입게 마련이다. 그러나 이들의 사랑은 1967년 스펜서가 죽을 때까지 26년간이나 지속된다. 묘한 거리를 유지한 채.

"당신은 25년간 한결같이 날 사랑하면서도 한 번도 소유하려 한 적이 없었소. 그런 당신은 정말 멋진 여자요. 고맙고, 사랑하오." 죽기 1년 전에 스펜서 트레이시가 캐서린 햅번에게 한 말이다. 스펜서의 말에서 그녀가 얼마나 멋진 여자였는지 알 수 있다. 그러나 한 꺼풀만 살짝 드러내면 그녀가 얼마나 많은 쓸쓸함과 맞섰는지 알 수 있다.

아이러니한 일이지만 사랑하는 일은 곧 쓸쓸한 일이다. 어쩌면 주위의 많은 것들, 심지어 세상 모든 것이 한 사람에게로 함몰되기 때문일지도 모른다. 세상에 오로지 둘만 있으므로 사랑하는 사람들은 서로에게 전부이고, 그래서 예민해지고, 그래서 더 쓸쓸해지며, 그래서 상대방의 털끝 하나까지도 소유하고 싶어진다. 그러나 캐서린은 스펜서의 털끝 하나 소유할 생각 따윈 애초부터 할 수 없었다. 일정한 거리 밖에 있어야 하는 여자가 언제든 배우자에게 돌아가기 위해 등을 돌려야 하는 남자를 사랑하는 일이 어떤 것일지 우리는 상상할 수 없다. 하지만 지독한 쓸쓸함만은 짐작할 수 있다.

사랑할 때 이성은 배려이고, 사랑을 지속시키는 힘이다.
그것은 희생하고 인내하는 것과 다른 형태지만,
쓸쓸함과 더불어 사랑의 필수품임에는 틀림없다.

어떤 이는 스펜서가 독실한 가톨릭 신자여서 본처와 이혼하지 않은 것이라고 했다. 또 어떤 이는 청각장애인인 아들 이름으로 된 재단의 모금을 위해서는 인기 배우 스펜서 트레이시란 이름이 필요했기 때문이라고도 했다. 어쨌든 스펜서는 결혼한 사람이었고, 캐서린은 그런 남자를 사랑했다. 그리고 이렇게 말했다. "결혼이란 어줍지 않은 제도예요. 남자와 여자가 잘 어울리지도 않으면서 왜 같은 집에 살아야 하죠. 같이 산다고 잘 어울릴까요? 차라리 옆집에 살면서 필요하면 만나보는 게 낫지 않을까요?”

한 번 결혼에 실패해봤던 경험인지, 혹은 사랑하는 사람과 함께 살 수 없는 자신을 위로하기 위한 자위인지 알 수 없다. 대신 캐서린은 어느 면에서 부드럽고 말랑해져야 하는지, 또 어느 면에서 당당해야 하는지를 아는 여자였던 게 틀림없다. 특히 스펜서의 죽음과 관련된 캐서린의 처신은 놀랍고, 그 분별력은 감탄스럽다. 스펜서가 심장마미로 죽을 때 캐서린 햅번이 함께 있었다. 그녀는 조용히 스펜서의 부인 루이스를 불렀으며, 장례식장에도 나타나지 않았다. 또한 둘의 관계도 루이스가 죽고 나서야 공개적으로 입을 열었다.

뜨거운 사랑은 이토록 차가운 이성이 있어야 유지되는 모양이다. 사랑할 때 이성은 배려이고, 사랑을 지속시키는 힘이다. 그것은 희생하고 인내하는 것과 다른 형태지만, 쓸쓸함과 더불어 사랑의 필수품임에는 틀림없다.

이토록 사리분별이 분명했던 여자가 하필 가정 있는 남자를, 남성우월주의자이고, 끝내 이혼조차 하지 못한 이 남자를 사랑한 것은 또 뭐란 말인가. “사랑은 내가 선택하는 것이 아니라 나에게 찾아오는 것입니다. 이것이 지난 100여 년을 살면서 내가 배운 것입니다.” 캐서린 햅번이 말년에 한 말이다.

사람들은 캐서린 햅번과 스펜서 트레이시 커플을 불륜이라 하지 않고 세기의 사랑이라고 한다. 그 간극을 뛰어넘은 힘은 무엇일까. 또 스펜서가 살아 있을 당시에 이미 둘 사이를 눈치 채고 있던 기자들의 가벼운 펜을 묶어둔 힘은 무엇일까. 사랑하는 일 역시 사는 일의 한 부분이지만, 참으로 복잡하고 미묘하여 여전히 알 수 없다.

그 꽃이
증거다

엘리자베스 브라우닝

그래서 사랑하는 것이 아니라, 그럼에도 불구하고 사랑한다

엘리자베스 배릿 브라우닝Elizabeth Barrett Browning (1806~1861)
여덟 살 때 이미 그리스어로 호메로스를 읽고 열네 살 때 서사시 〈마라톤의 전쟁〉을
쓸 만큼 재원이었으나, 병약해 소아마비, 척추병, 동맥파열 등에 시달렸다. 그녀의
유일한 즐거움은 독서와 시 쓰기였다. 두 권의 시집을 펴낸 뒤 여섯 살 연하의 시인
로버트 브라우닝Robert Browning과 사랑을 키우게 됐다. 주위의 반대를 무릅쓰고
결혼해 15년 동안 사랑의 힘으로 병을 극복해가며 살다가 남편의 품에서 눈을 감았
다. 〈포르투갈인으로부터의 소네트〉는 역시譯詩를 가장하여 남편에 대한 애정을 솔
직하게 노래한 작품이다.

당신이 날 사랑해야 한다면

오직 사랑만을 위해 사랑해주세요.

그녀의 미소 때문에, 그녀의 모습…… 그녀의

부드러운 말씨…… 그리고 내 맘에 꼭 들고

힘들 때 편안함을 주는 그녀의 생각 때문에

'그녀를 사랑해'라고 말하지 마세요.

…중략…

오직 사랑만을 위해 사랑해주세요.

사랑의 영원함으로 당신 사랑 오래오래 지니도록.

〈당신이 날 사랑해야 한다면〉 중에서 - 엘리자베스 배릿 브라우닝

　이런 시를 쓴 사람의 마음은 무엇일까. 당당함? 혹은 소심함? '무엇 때문'이 아니라, 있는 그대로의 나를 사랑해 달라는 이 여자는 엘리자베스 배릿이다. 엘리자베스는 명문가의 딸로

유복한 가정에서 행복한 유년 시절을 보냈다. 총명해서 네 살 때부터 시를 쓰기 시작하고, 여덟 살 때는 그리스어로 된 호머의 작품을 읽을 수 있었으며, 열네 살에 〈마라톤의 전쟁〉이라는 4권으로 된 서사시를 발표하기도 했다. 그러나 그녀의 행복은 오래가지 않았다. 열다섯 살 되던 해에 낙마 사고로 척추를 다치고, 다시 몇 년 후에는 가슴의 동맥이 터져 시한부 인생을 선고받는다. 그 뒤로 그녀의 삶은 장애와 병마에 둘러싸였다. 설상가상으로 동생마저 사고로 죽자, 그녀는 가깝게 지내는 몇몇 외에 사람을 만나는 것 자체를 병적으로 두려워하게 되었다.

무엇 때문에 날 사랑하지 말라는 말은 당당함이 아니라
상처받지 않으려는 소심함이었다. 어떤 이에게 사랑은 사치고,
현실에는 없는 꿈이다.

그런 그녀에게 남은 빛은 오로지 시를 쓰는 일이었다. 그녀는 시를 발표했고, 계관시인 워즈워스를 잇는 훌륭한 시인이라는

문단의 평가를 받았다. 또 1844년에 나온 두 번째 시집《배럿의 시집》은 대중의 많은 사랑을 얻었다.

로버트 브라우닝 역시 이 시집을 읽었다. 그리고 그녀에게 편지를 썼다.

나는 당신의 시를 나의 온 마음으로 사랑합니다. 나는 이 시집을 온 마음으로 사랑합니다. 그리고 사랑합니다, 당신을.

로버트 브라우닝은 엘리자베스만큼 알려진 시인은 아니었지만, 부유한 은행원의 아들로 꾸준히 시를 발표했다. 그는 그녀보다 여섯 살이나 어렸다.

장애와 병, 강압적인 아버지와 유폐에 가까운 삶을 살고 있던 엘리자베스는 로버트의 마음을 즐겁게 받을 수 없었다. 엘리자베스는 대답했다.

나에게서 볼 만한 것은 아무것도…… 나에게서 들을 것은 아무것도 없어요. 제가 쓴 시가 저의 꽃이라면, 제 나머지는 흙과 어둠에 어울리는 한낱 뿌리에 불과해요.

그러나 처음 편지를 보내고 몇 달 뒤에 로버트는 엘리자베스가 있는 곳을 방문한다. 그리고 그는 그녀를 더욱 사랑하게 된다. 이후로 2년간이나 편지를 주고받다가 로버트는 엘리자베스에게 청혼을 한다. 그러나 엘리자베스는 척추를 다친 장애인으로 결핵까지 앓고 있었으며, 서른아홉 살의 노처녀에다 결코 미인도 아니었다. 로버트를 만나기 전까지 사랑은 꿈도 꾸지 않았다. 그러니 청혼을 받아도, 그녀 역시 사랑에 빠졌다 해도 기쁨보다는 두려움이 더 컸을 것이다.

결국 사랑하는 마음을 믿어보기로 하고 로버트의 사랑을 받아들이지만 불안한 건 마찬가지였을 터. 그러니 '무엇 때문에' 날 사랑하지 말라는 말은 당당함이 아니라 상처받지 않으려는 소심함이었다. 어떤 이에게 사랑은 사치고, 현실에는 없는 꿈이다. 대상도 없이 열병 같은 감정만 저 혼자 타올랐다 사라지기도 한다. 대상이 있어도 혼자 타는 건 마찬가지일 때도 있다.

무의식적으로 사람들은 사랑에 눈이 있다고 생각한다. 그래서 돈과 권력과 명예 그리고 멋진 외모에 사랑의 눈길이 머문다고 여긴다. 어쩌다 동정심을 가진 사랑을 만나기도 하지만, 어디까지나 운이 좋아야 한다고 푸념한다. 가끔 눈 먼 사랑이 엉뚱한 곳에 엎어지기도 하지만, 매우 희귀한 일이라고 도리질한다. 맞는 말이다. 그러나 틀린 말이기도 하다.

웃는 눈이 예뻐서 바라보다 사랑하고,
노랫소리에 넋을 잃고 있다가 사랑에 빠지기도 한다.
열심히 일하는 모습이 아름답다 생각하다
사랑의 마음을 품기도 한다.

로버트의 사랑은 엘리자베스의 시에 눈이 맞았다. 그럴 수 있다. 시가 원래 그런 것이다. 그러나 그녀가 처한 상황을 보고도 사랑이 깊어지는 것이 쉬웠을까. 2년 동안 두 시인이 수백 통의 연서를 주고받으며 사랑에 완전히 몰입하는 일은 가능하다고 치자. 그러나 완고하고 폭압적인 아버지의 눈을 피해 비밀 결혼까지 올리는 일은 결코 쉬운 일이 아니다. 아픈 그녀를 위해 따뜻한 이탈리아로 도망가는 일 역시 쉽지 않다.

죽을 날만 기다리며 오로지 실낱같은 희망인 시만을 품었던 그녀가 몇 번의 유산 끝에 아들까지 낳고, 15년이나 행복하게 산 것 역시 쉽지 않다. 결코 평탄치 않은 삶이었으나 "아름다웠어요”라고 말하면서 남편의 품에서 죽는 것은 더욱 더 쉽지 않다.

사랑은 쉬워서 하는 게 아니다. 어려움에도 불구하고 한다. 불가능할 것 같은데도 한다. 그렇다고 로버트의 사랑이 눈먼 것이어서 엉뚱한 곳에 엎어진 것도 아니다. 운 좋게도 엘리자베스가 동정심에 빠진 사랑을 만난 것도 아니다. 그녀는 사랑과 꿈, 아픔과 슬픔, 고즈넉한 행복을 시에 녹였고, 로버트는 그런 시를 쓰는 여자를 사랑한 것이다. 엘리자베스는 무엇 때문에 사랑하지는 말라고 했지만, 로버트는 그녀의 시 때문에 그녀를 사랑했다. 그녀의 시를 사랑하면서 그녀까지 사랑한 것이다. 그러므로 그 여자가 장애인이라도, 자기보다 여섯 살이나 많아도, 예쁘지 않아도 상관없었다.

여타의 일처럼, 사랑 역시 본질로 냅다 진입하기도 하지만 사소한 부분에서 아주 천천히 스미어 심장까지 가기도 한다. 오히려 사소한 주변에서 시작하는 경우가 많을지도 모른다. 웃는 눈이 예뻐서 바라보다 사랑하고, 노랫소리에 넋을 잃고 있다가 사랑에 빠지기도 한다. 열심히 일하는 모습이 아름답다 생각하다 사랑의 마음을 품기도 한다. 이렇게 작고 사소한 것들에 매혹당하는 일이 아름답고 멋진 사랑을 준다. 또 사랑은 기이하게도 남들이 보지 못하는 틈바구니까지 샅샅이 뒤져서 기어이 꽃을 피우는 습성이 있다.

　그러므로 아흔아홉 가지가 못났다고 사랑을 할 수 없는 게 아니다. 아주 작은 틈바구니, 나도 모르는 나의 멋진 틈을 발견하고 살포시 내려앉은 사랑에 놀라 도망가지 않으면 사랑은 내 것이다. 보도블록 사이에 핀 예쁜 꽃이 그 증거다.

진정한
공리주의자의 사랑

존 스튜어트 밀

사랑은 가로막는다고 멈출 수 있는 것이 아니다

존 스튜어트 밀John Stuart Mill (1806~1873)

영국의 철학자이자 정치·경제학자. 논리학, 윤리학, 정치학, 사회평론 등에 걸쳐 방대한 저술을 남겼다. 세 살에 라틴어, 여덟 살에 그리스어, 열두 살에 논리학을 터득해 십대에 어엿한 지식인으로 성장했다. 벤담으로부터 영향을 받아 공리주의협회 설립에 참가해 공리주의 연구와 보급에 힘썼으며, 여기에 생시몽주의와 낭만주의를 가미해서 나름의 체계로 발전시켰다. 그리고 경험주의 인식론과 공리주의 윤리학, 자유주의적 정치·경제 사상을 바탕으로 현실 정치에도 적극적으로 참여해서 하원 의원을 지내기도 했다.

공리주의 하면 무엇이 떠오를까(공리주의는 공리성을 가치 판단의 기준으로 하는 사상이다. 행복을 증진시키는 경향을 가질 때 옳은 행위이고 반대의 경우는 그른 행위로 본다. 여기서 행복이란 행위자의 행복이 아니라 행위의 영향을 받는 모든 사람의 행복이다). 윤리 시간, 혹은 논술 주제, 벤담……. 생각만 해도 어려워서 하품이 나온다. 그런데 이 공리주의 사상가 중에 소설에 나올 만한 사랑을 한 사람이 있다. 존 스튜어트 밀이다. 만약 그의 유명한 저서 《자유론》에 그토록 안타까운 사랑이 있었다는 걸 알았다면, 그의 철학과 그의 정치·경제 이론과 논리학과 윤리학 따위를 좀 더 즐겁게 공부했을 것이다.

밀은 아내가 될 여자를 20년이나 기다린 사람이다. 그가 스물세 살의 해리엇 테일러Harriet Taylor를 만난 것은 스물다섯 살 때였다. 당시 밀은 우울증의 늪에서 빠져나온 지 얼마 되지 않은 상태였다.

밀의 아버지는 공리주의자 벤담의 문하생이었던 제임스 밀이다. 제임스 밀은 아들을 후계자로 양성하기 위해 엄격한 조기 교육을 시켰다. 세 살에 라틴어를, 여덟 살에 그리스어를 익히게 함은 물론, 철학과 경제학까지 가르쳤다. 그래서 밀은 열일곱 살에 벤담 등과 더불어 급진파들의 잡지인 〈웨스트멘스터 리뷰〉를 창간할 정도였다. 그러나 너무 이른 학문적, 사회적 성취는 젊은 그를 혼란에 빠트렸다. 그의 자서전에 보면 다음과 같이 고백한 부분이 있다.

1826년 가을 아침의 일이었다…… 네 인생의 목적이 모두 실현되었다고 가정해보라. 네가 추구하고 있는 제도와 사상의 변화가 지금 이 순간에 모두 이루어졌다고 가정해보라. 이것이 네게 큰 기쁨이요, 행복이 되겠는가? 억누를 수 없는 자아의식은 이에 대하여 분명히 '아니다!'라고 대답했다. 이렇게 되자 내 마음은 깊은 수렁에 빠졌다. 내 생명을 뒷받침해주고 있던 기초 전체가 무너졌다.

그러나 그는 곧 예술 작품을 접하면서, 정치·경제학에서 발견할 수 없었던 감성의 세계를 보고 자신의 우울증을 극복해나갔다. 이후 밀은 변했다. 그는 쾌락에는 고급에서 저급에 이르는 질적인 차이가 있다고 주장하며, 최대 다수의 최대 행복을 주장한 벤담의 양적 공리주의를 수정했다. 아버지 대에서부터 벤담의 그룹에 있었던 그로서는 꽤 혁신적인 변화였던 셈이다. 그러면서 벤담주의 반대편에 섰던 콜리지파 사람들을 만나기 시작했다.

그 즈음인 1830년에 존 테일러의 초대를 받는데, 그곳에서 운명의 여인 해리엇을 만난다. 그러나 안타깝게도 그녀는 이미 두 아이를 둔 유부녀였다. 그녀의 남편은 바로 밀을 초대한 존이었다. 그는 부유한 실업가였으며, 대륙에서 건너오는 정치적 망명자에게 피난처를 제공해주기도 하는 자유사상가였으며, 해리엇과 더불어 유니테어리언Unitarian(삼위일체론을 부정하고 신격의 단일성을 주장하는 기독교의 한 종파)이었다.

사랑은 가로막는다고 멈출 수 있는 게 아니다.
다짐해서 잊히는 게 아니다. 세상에서 숨길 수 없는 게
가난과 재채기와 사랑이라 하지 않았나.

사랑은 가로막는다고 멈출 수 있는 게 아니다. 다짐해서 잊히는 게 아니다. 더구나 밀의 나이 이제 스물다섯, 혈기 왕성한 청년이었다. 그리고 엄밀한 의미에서 짝사랑은 아니었다. 해리엇 역시 밀과 정신적인 교감을 나누었다. 그녀는 밀이 남편이 문외한이었던 분야, 학문이나 회화나 음악에 대해서 서로 교감할 수 있고, 자신의 이상에 맞는 남자라는 걸 알았다.

세상에서 숨길 수 없는 게 가난과 재채기와 사랑이라 하지 않았나. 해리엇의 남편이 밀의 사랑을 알았다. 그래서 몇 번이고 단념시키고자 했지만 되지 않았다. 사실 해리엇 부부는 사이가 나쁜 것도 아니었다.

밀의 주변 역시 떠들썩했다. 가족과 친구들도 그를 말렸다. 아무리 정신적인 사랑만 한다 해도 둘을 순수하게 보지 않는 게 세상의 이치다. 그래서 밀도 한때 단념하려 했으나 되지 않았다. 밀은 해리엇을 잊는 데 실패했다.

결국 남편 존도 둘 사이를 막을 수 없다는 걸 알았다. 존은 밀이 방문하면 집을 비우고 클럽에서 시간을 보내다 오곤 했다. 이런 경우 부부 사이에는 대단한 믿음이 필요하다. 아마도 존은 아내를 굳게 신뢰했던 것 같다. 그랬기에 1836년 밀이 파리에서 병이 났을 때, 해리엇이 두 자녀와 함께 가서 간호하는 걸 허락했으리라. 그렇더라도 자신의 아내를 파리까지 가도록 허락한 존의 심정이 어땠을지는 짐작이 간다.

정말 사랑한다면 바라만 볼 수 있어도 좋다. 어쩌면 밀은 그녀와 정신적인 교감을 느끼는 것만으로도 평생을 살 수 있을 것이라고 생각했는지 모른다. 이후에 나타나는 그의 행적을 보면 충분히 그러고도 남는다. 결국 밀과 해리엇은 1849년 존 테일러가 암으로 죽기까지 정신적인 사랑만 한다. '만족한 돼지보다 불만족한 소크라테스'로 보낸 20년이었고, 쾌락에도 고급과 저급의 질이 있다는 걸 스스로 증명하며 산 세월이었다.

존이 죽은 뒤 둘은 다시 2년의 애도 기간을 보내고 드디어 결혼한다. 밀의 나이 마흔다섯 살이었다. 둘의 결혼에 해리엇의 두 자녀가 증인이 됐다. 그야말로 공리주의자다운 사랑법이었다.

밀은 결혼하면서 또 한번 우리를 감동시킨다. 그는 기존의 모든 결혼 증서가 요구하는 법적 조문을 완전히 거부하고 자기만의 결혼 서약서를 썼다.

그녀의 동의를 얻어 한없이 기쁜 나는, 나의 생애에서 알았던 유일한 여인과의 결혼 관계, 즉 그 상태로 그녀와 함께 들어간다는 것을 선언한다.
그리고 기존의 법률이 규정하고 있는 결혼 관계의 모든 성격을, 그녀와 나는 양심을 걸고 완벽하게 거부한다. 기존의 법은 계약된 양당사자 중 한쪽에게만 일방적으로 상대방의 행동의 자유와 재산과 인격을, 아내의 소망과 의지에 무관하게 제어할 수 있는 법적 권리를 부여하고 있기 때문이다. 내게는 지금 이런 가증스러운 권리를 법적으로 제거할 수단이 없기 때문에, 기존의 결혼법에 대한 새로운 형식을 문서화해 남겨둘 의무를 느낀다. (…) 그녀는 그녀 자신과 그녀에게 속하고, 앞으로 속할지도 모르는 모든 것을 처분할 자유와 완전한 행동의 자유를 나와 동등하게 지니며, 결혼 전처럼 모든 일에 독립적 개체로서의 권리를 지닌다. 그리고 나는 결혼으로 얻는다고 생각되는 모든 권리의 허울을 완전히 부정하고 포기한다.

1851년 3월 6일 존 스튜어트 밀

둘은 결혼하고 나서도 여전히 철학적 대화를 이어갔다. 그 결과물이 그 유명한 《자유론》이며, 또 후에 출간되어 페미니즘의 선각적 견해를 밝힌 《여성의 종속》 역시 해리엇과 나눈 무수한 대화의 산물이다.

그러나 《자유론》을 완성하기 전에 그녀가 죽는다. 그토록 오래 기다렸지만 둘은 해로하지 못했다. 겨우 8년이었다. 폐렴 때문에 추위를 피해 프랑스 아비뇽에 머물 때였다.

"나의 벗이었으며 아내였던, 그녀의 진리와 정의에 대한 숭고한 감각은 나에게는 가장 강렬한 자극이었으며, 그녀의 칭찬은 나에게 으뜸가는 보수였던", "칼라일보다 더 훌륭한 시인이요, 나보다 더 뛰어난 사상가, 내 생애 최고의 영광이며 축복이고, 나에게는 종교이고, 가치의 근본이자, 내 삶을 이끌어간 표준과도 같은", "섬세하고 직관적인 지성을 가졌으며 열정적이고 부드러우면서 도덕적인 정신을 가진" 그녀. 한 남자로부터 이토록 엄청난 찬사를 받은 여인, 이 여인을 향한 절제되고 아름다운 사랑에 신조차 질투하지 않고 베길 수 없었던 모양이다. 신은 20년 기다린 사랑을 겨우 8년만 허락한다.

밀은 해리엇을 아비뇽에 묻고 다시 8년을 아침저녁으로 산책하며 무덤을 돌본다. 한결같은 사랑을 한 남자, 그 애절한 사랑이 끝난 뒤의 밀을 옆에서 돌보면서 비서 역할을 한 사람은 해리엇의 딸 헬렌 테일러였다. 아마 결혼하기 전 20년의 어느 한 날이라도 밀과 해리엇이 치정으로 얽혔다면, 그래서 남편 존이 괴로워했다면 이런 관계는 형성되지 않았을 것이다.

밀은 "아내의 예지를 많이 이어받았으며, 고귀한 성격은 완전히 아내의 모든 것을 물려받았다"라며 칭찬을 아끼지 않은 해리엇의 딸, 헬렌 곁에서 마지막 숨을 놓고, 해리엇과 나란히 묻힌다.

사랑하면 만지고 싶고, 안고 싶고, 함께 침대에 가고 싶다.

그의 살 냄새를 맡고, 그의 체온을 느끼고 싶다.

아무리 위대한 철학자라도, 심지어 성인으로 추대받는 사람
조차도 자신이 뱉은 말과 글처럼 산다는 것은 거의 불가능하다.
그러나 존 스튜어트 밀은 어느 성인 못지않게 자신의 사상과 생
활을 일치시키며 산 사람이다. 아무리 질적인 쾌락이 중요하다
해도, 사랑하는 사람을 20년 동안 바라만 본다는 것은 살인적
인 인내심을 요구하는 일이다.

자고로 사랑은 육체적 욕망과 분리될 수 없는 게 보편이다.
사랑하면 만지고 싶고, 안고 싶고, 함께 침대에 가고 싶다. 그의
살 냄새를 맡고, 그의 체온을 느끼고 싶다. 그러나 그는 "나는
지금까지 욕망을 채우려고 힘쓰기보다, 오히려 그것을 제한함
으로써 행복을 찾는 것을 배웠다"고 했다. 채우는 것도 행복이
지만, 비우는 것 역시 행복의 조건이 된다는 말이리라. 대개 이
런 말은 말잔치로 그치기 쉽지만, 밀의 입에서 나온 말이라 진
정으로 다가온다.

우리는 사랑의 이름으로 집착도 하고, 내 욕망만 채우기도 한

다. 그런데 존 스튜어트 밀…… 인간의 가장 기본적인 욕구에
서 이만한 절제력과 배려, 아름다운 견고함을 가진 사람에게 더
무엇을 증명하라고 대들랴. 사랑과 삶에 대해 말하는 많은 사람
들이 허공에 아름다운 집을 짓지만, 심지어 호화로운 궁전을 짓
고 그 곁의 개집에서 살지만, 그는 이 땅에 자신의 궁전을 지었
다. 철학으로 바닥을 다지고, 사랑으로 기둥을 세운 그곳에서
그는 살았다. 그는 진정한 공리주의자이며 아름다운 인간이다.

순간이
역겹이다

김점선

사랑은 벼락같이도 찾아온다

김점선 (1946~2009)

구도나 원근법을 무시하고 단순한 선과 색채로 말과 오리, 꽃 등 자연을 순수하게 표현한 동화적인 그림을 그린 화가. 남들의 시선에 얽매이지 않는 자유로운 생각과 삶으로 '괴짜 화가'라 불렸다. 이화여대 졸업 후 그림으로 진로를 바꿔 1972년 홍익대 대학원에 입학했고, 그해 제1회 앙데팡당전에서 파리 비엔날레 출품 후보로 선정되며 이름을 알렸다. 2001년 몸이 불편해 붓을 잡기 어려워진 후에는 컴퓨터 마우스로 그림을 그리는 등 새로운 회화 영역을 개척하며, 마지막 순간까지 그림을 놓지 않았다.

본 지 1분도 안 돼서 그녀는 '바로 저 남자다'라고 결정했다. 처음 본 그 남자가 노래 한 곡을 다 부르기도 전이었다. 그리고 그 밤에 둘은 결혼했다. 처음 보았고, 무얼 하는지도 몰랐으며 심지어 이름도 몰랐다. 집도 절도 없는 남자라는 건 그 밤에 알았고, 성과 나이를 안 것은 며칠 후였다.

때때로 사랑은 벼락같이 온다고 한다. 그러나 그녀에게 온 것이 사랑은 아니었다. 사랑을 잉태한 씨앗일 뿐이었다. 사랑? 믿지 않은 건 아니다. 세간의 눈이 결정했듯이 그녀가 괴짜여서? 그럴지도 모른다. 그녀는 분명히 상식적이고 보편적인 사람은 아니었다.

순간이 곧 억겁이다. 빙산의 일각, 기시감 따위만을 말하려는 건 아니다. 그동안 살아온 모든 일, 전생이 있다면 전생까지 총동원되어 어느 한순간을 향해 내다꽂힐 때가 있다. 그때의 순간은 온 생애이며 억겁이다. 사랑이 오는 방식 중 하나다. 그러므로 그렇게 온 순간을 함부로 대하면 안 된다. 훗날, 그저 한순간에 '뽕' 갔을 뿐이라며, 자신의 배반과 도망을 변명하면 안 된다. 정 배반하고 싶고 도망가고 싶으면 정당한 이유를 대야 한다. 순간을 핑계대지 않아야 한다. 그 순간은 억겁의 생이 축적된 것이니까.

순간에 오는 것이 꼭 사랑만은 아니다. 순간적 영감으로 예술 작품이 탄생되기도 한다. 그렇게 나온 예술품은 작가를 대가의 반열에 올려놓기도 한다. 이 순간 역시 작가가 온 평생 고뇌한 결과다. 결코 순간 그 자체에 일어난 기이한 현상이 아니다. 마찬가지로 도를 닦는 사람들이 흔히 말하는 돈오頓悟도 평생의 수행이 집적된 결과다.

그런데 이 순간을 이용하는 사람들이 있다. 대체로 자유인입네 하는 사람들이다. 거침없이 타락하고 함부로 사는 일이 자유이며, 그것이 곧 예술인이나 시대를 선도하는 사색가들의 표상이라고 생각하는 사람들이다. 그들은 순간을 자신의 뛰어난 천재성을 입증하는 도구로 이용한다. 그 대표적인 게 순간적인 사랑이다. 그들은 말초적이고 순간적인 쾌락을 사랑과 자유로 포장하고, 예술이나 철학에 헌신하는 도구인 양 매도한다. 쾌락을 위해 벼락같은 사랑을 이용하는 것이다. 하지만 진짜 사유인이라면 솔직하게 말하길 바란다. 그저 탐욕에 미쳤을 뿐이라고.
그리고 진짜 순간에 온 사랑이라면, 순간적인 영감에 의해 탄생
한 자신의 작품이나 철학적 상상의 결과물을 일회용 종이컵처
럼 쓰고 버리지 않듯이, 사랑 역시 그래야 한다. 그럼에도 예술
가나 철학가, 시대적 선구자 그리고 많은 허접한 인간들은 자유
로운 영혼입네 하는 허울로 그렇게 했고, 평범한 인간들이 그것
에 환상의 날개를 달아주었다.

순간적인 영감에 의해 탄생한

자신의 작품이나 철학적 상상의 결과물을

일회용 종이컵처럼 쓰고 버리지 않듯이

사랑 역시 그래야 한다.

김점선이 처음 본 남자의 노래가 끝나기도 전에 "바로 저 사
람이 나의 남편이다. 나는 저 사람과 결혼한다"라고 말했을 때,
주변의 많은 사람들은 장난이라고 생각했다. 그러다 그 밤에 둘
이 여관에 갔을 때, 쾌락을 탐닉하기 위한 짓거리라고 생각했을

것이다. 예나 지금이나 이런 행동을 자유를 사랑하는 예술인의 당연한 권리인 양 여겼으니까. 그리고 무엇보다 괴짜 김점선이 니까.

김점선은 별난 여자였다. 거침없이 행동했고, 미친 사람처럼 입고 다녔다. 학부에서 미술을 전공하지 않았으나, 미술로 최고라 자부하는 홍익대 미술대학원에 입학했다. 그리고 어려서부터 미술을 배운 선후배의 은근한 무시와 괄시를 누르고 백남준과 이우환이 심사한 파리 앙데팡당전에 한국 대표로 뽑혔다. 무시하던 사람들은 그녀를 천재라고 부추겼다. 그러나 몇 년 후 세상이 다 알아주는 홍대사단을 나와 스스로 아웃사이더가 된다.

그런 와중에 통역 일을 하면서 알게 된 미국 대사 부인이 최초로 그녀의 그림을 사주었고, 그 인연으로 그녀와 유대 관계를 지속적으로 유지한다. 김점선은 그녀와 여러 일을 벌이고 인맥을 넓혀갔다. 당시 미국 대사 부인의 인맥이면 탄탄대로나 마찬가지였다. 그러나 어느 순간 자신의 내부에서 또다시 저항의 소리를 듣고 그녀와의 관계도 끊는다.

그녀는 자유인이었다. 진정한 예술가로서 내부의 소리에 귀를 기울이고 사회와 타협하지 않는 자유인이었다. 그런 여자가 한 남자의 노래를 들으면서, 그 남자의 감성을 온몸으로 느낀

것이다. 그리고 그 순간을 향해 꽂힌 그녀의 억겁 중 아주 작은 일부는 이랬다. 다섯 살 때, 피난하는 작은 배 안에서 어른들, 즉 이 세상의 힘센 것들에 대한 경멸을 느끼고, 절대 고독을 느꼈다. 그리고 후에 그녀는 이때의 감정이 바로 권태라는 걸 안다.

그녀는 어려서부터 외모가 출중하지 못하다는 이유로 부모로부터 전문직을 갖기를 권유받았다. 덕분에 그녀는 여자를 성공하지 못하게 만드는 장애물은 바로 여성성이라고 믿었다. 특히, 임신과 육아 그리고 사랑에 빠진 여자의 감정은 젊은 김점선에게 공포였다. 서른이 넘도록 작가 지망생으로 살던 그녀는 선배가 "당신들 결혼하시오…… 당신들 중에 돈 벌어서 물감을 산 사람 있소? 자기 배를 자신이 번 돈으로 채운 사람 있소? 누굴 위해 언 물에 손을 넣고 빨래해본 사람이 있소? 예술은 지금 당신들처럼 하는 게 아니오. 지금까지는 봐줄 수 있었소. 결혼해서 아이 낳고 콩나물 백 원어치를 사면서 어떻게 더 많이 받을 수 없을까 부들부들 떨어보시오. 그런 연후에야 예술이라는 게 될지 말지요……"라고 하는 말을 듣고 부끄러웠고, 머리 한쪽이 열리는 기분이 들었다.

그러나 억겁이 축적된 순간이라도 그 순간은 추상이다. 이후부터가 실질적인 삶이다. 이 삶이 고통스러울 때, 혹은 권태로울 때 사람들은 '한순간 내가 미친 것일 뿐'이라며 순간을 핑계 대고 도망친다. 잘난 체하는 것들은 자유를 핑계 대며 은근슬쩍 꽁무니를 뺀다. 순간이 곧 삶의 축적물이란 걸 모르거나 알고 싶지 않은 것이다. 김점선 역시 그랬을까.

싸구려 여관에서의 첫날밤으로 결혼식을 대신한 상대 남자는 세 살 연하에다 부인한테 버림받고 죽으려고 결심한 백수였다. 노래가 다 끝나기도 전에 그녀가 결혼하자고 했을 때, 냉큼 그러자고 한 것도 이미 죽을 마음이 있었기에 가능했다. 가죽 공예를 했으나 돈도 벌지 못했고, 더 이상 일도 하지 않았다. 게다가 그는 밤만 되면 싸구려 술집을 전전하며 그 자신이 술통이 될 때까지 술을 마셔댔다. 이런 일은 몇 년간 지속되었다. 지독한 골초였고, 어린 자식이 굶어죽을 처지에 있어도 돈을 벌지 않았다. 순간 이후 현실에서의 삶은 한동안 진창이었고, 고통이었다. 그러나 그녀는 묵묵히 혹은 길길이 날뛰고 싸우면서 자신의 선택을 지켰다.

그녀가 치른 고통의 무명 시절과 남편이 벌이는 술집 순례의 힘든 시기가 지나고, 남편 김청남은 점점 변했다. 훌륭한 아빠가 됐고, 남편이 되었다. 김점선은 남편의 가치를 있는 그대로 존중해주었다. 역시 자신의 가치도 있는 그대로 받아들이도록

했다. 김점선은 물론 아들도 아버지가 백수인 것을 영광으로 알았다. 이것 역시 세상의 상식에 저항한 산물이다. 김점선은 그 남자로 인해 행복했고, 위로받았다. 그녀에게 남편은 지혜롭고 슬기로운 남자였다. 김점선이 남편과 얼마나 행복한 마음으로 살았는지는 그가 암 선고를 받은 이후에 뚜렷이 나타난다.

그녀는 오랫동안 새해가 되면 신년 운수를 받곤 했다. 그런데 어느 해 7월에 세상에서 경험하지 못한 황홀한 순간을 경험할 것이라는 운수를 받았다. 그런데 그 7월에 느닷없이 남편이 암 선고를 받는다. 황망하고 슬픈 시간이 지나고 김점선은 남편과 관련된 세상의 모든 것이 황홀해지는 걸 경험한다. 남편이 앉았던 의자나 그가 썼던 칫솔, 그가 쓰고 버린 휴지조차 버릴 수 없는 애틋함으로 다가온 것이다. 그리고 지독했던 부부 싸움과 서운함까지 남편과 관련된 모든 일들이 찬란하게 빛나기 시작했다. 한쪽 팔이 아파서 한 손으로 운전하는 남편의 모습은 여전히 반할 만큼 멋있었고, 자연스러움이 사라질까봐 몰래 좋아했던 남편의 읊조리는 노래도 여전히 황홀했다.

결국 폐암으로 남편이 죽고 나서 그녀는 오래도록 남편의 체취가 묻은 옷을 입고 다녔다. 그리고 자신의 몸을 돌보지 않고 그림만 그리다가 그녀 역시 커다란 암을 키웠다.

사랑은 한 송이 꽃처럼 와서 어여쁘게 피었다가
열매를 맺기도 하지만, 그녀의 사랑은 씨앗으로 왔다.
그만큼 인고의 세월이 필요했다.

그녀의 사랑은 식물을 닮았다. 그 남자를 알아본 순간은 씨앗이었다. 씨앗은 전 해에 나무가 죽도록 꽃을 피우고 열매를 맺어 생산해낸 것이다. 사람들은 이 과정을 종종 잊는다. 그냥 뚝 떨어진 씨앗만 생각한다. 그 순간 김점선도 그랬을 것이다. 어쨌든 그 씨앗을 받아든 그녀는 싹을 틔우고 잎을 벌리고, 줄기를 세워 꽃을 피웠다. 누군가에게 사랑은 한 송이 꽃처럼 와서 어여쁘게 피었다가 열매를 맺기도 하지만, 그녀의 사랑은 씨앗으로 왔다. 그만큼 인고의 세월이 필요했다. 그리고 평생 그 자리를 벗어나지 않고 그 남자만 사랑했다. 남자 역시 그랬다. 처음 낯선 땅에서 톡톡히 대가를 치루었지만, 20년 동안 지속되었다.

김점선은 편협한 상식에 저항한 사람이지 도덕에 저항한 사람은 아니다. 괴짜인 척, 자유인인 척하며 쾌락만 탐닉하는 위선자들이 온실에서 나온 수많은 꽃을 잠시 두었다가 버리기를 거듭하는 길가의 화분대라면, 그녀는 우직하게 씨앗을 받고 자유롭게 가꾼 너른 들이다. 대신 그녀는 진짜 괴짜, 자유인인 기질을 종일 화실에 박혀 자신의 그림을 그리는 데 쏟아 부었다. 김점선이 위선의 자유인들과 다른 점은 순간을 순간에 버리지 않은 점이다. 그녀는 순간의 의미를 정확하게 안 사람이다.

결핍,
사랑이 앉다

운보 김기창
덜어내고 채우는 균형감 있는 사랑이 아름답다

운보 김기창 (1913~2001)

힘찬 붓질과 호방하고 동적인 화풍으로 한국화의 새로운 경지를 개척했다는 평가를 받는 화가. 일곱 살 때 청력을 잃었으나, 장애를 극복하고 1931년 조선미술대전에 출품하여 1940년까지 입선 6회, 특선 3회를 기록했다. 작품 세계는 초기의 구상미술 시기, 신앙화 시기, 구상미술에서 추상으로 변하는 복덕방 연작 시기, 바보산수화 시기, 말년의 추상미술 시기로 나뉜다.

우향 박래현 (1920~1976)

동양화의 전통적 관념을 타파하고 섬세한 설채와 면 분할에 의한 화면 구성으로 새로운 조형 실험을 전개한 화가다. 조선미술전람회에서 최고상인 창덕궁상을 받았으며, 〈노점〉으로 1956년 대한민국미술전람회에서 대통령상을 받았다. 1969년 미국으로 건너가 뉴욕 플래트그래픽센터와 봅 블랙번 판화연구소에서 판화를 연구하여 동양화의 실험적 의욕을 판화라는 매체로 실현시켰다.

살다보면 결핍 역시 충만함처럼 많은 장점을 가지고 있다는 걸 알 수 있다. 다만 그 장점이 쉽게 눈에 띄지 않는다는 게 충만과 다른 점이다.

결핍은 욕망을 자극한다. 욕망은 삶의 에너지다. 욕망이 없는 삶은 무기력하다. 그래서 결핍은 에너지의 어머니다. 또 결핍은 상대방을 넉넉하고 편안하게 하며 경계심을 풀게 한다. 그래서 친구를 만들어주기도 한다. 그러므로 결핍은 윤활유와 비슷한 말이다. 너무 완벽한 인간 앞에서 긴장하고 마음의 문을 닫게 되는 것과 대조적이다. 대개의 일이 그렇듯이 지나치지 않은 결핍과 욕망이 그렇다는 것이다.

그러나 지나치다는 것 역시 너무 주관적이긴 하다. 예를 들면 운보 김기창 같은 경우가 그렇다. 그는 일곱 살 때 장티푸스 약을 잘못 먹고 청력을 상실했으며, 더불어 말도 할 수 없게 되었다. 게다가 무학이나 마찬가지였다. 단순히 결핍이라 말하기도 쉽지 않은 상황이었다. 그런데 그 결핍에 사랑을 내려놓은 사람이 있다. 만약 운보에게 그런 결핍이 없었다면 그녀의 사랑이 거기 앉았을까 싶다.

인생은 살 만하고, 사랑은 할 만하다.
누군가는 완벽하게 채워진 자리가 아니면
사랑의 손끝 하나 대지 않는 반면, 누군가는 상대방의 결핍이
귀하니 말이다.

사실 운보를 사랑한 우향 박래현이 모자라서, 유유상종의 안타까움으로 모자람을 원한 건 아니다. 반대로 그녀는 이미 충만했다. 우향은 지주의 딸이자 일본 동경 여자 미술전문학교를 나온 엘리트였다. 그녀는 1943년 선전에서 〈장〉이란 작품으로 특선했는데, 이때 추천 작가가 운보였다. 그녀는 그의 작품을 보고 반했고, 인사차 찾아간 그가 의외로 갓 서른의 젊은 청년인 것을 알고 놀랐다.

이날 운보는 우향의 미모에 넋을 잃었다고 한다. 하지만 그녀

는 부자였고, 엘리트인 반면 자신은 빈약한 학력에 신체적 결함까지 있어 자신이 없었다. 그래도 둘은 나름대로 필담으로 대화를 하며 3년간 애틋한 연애를 한다. 그리고 운보는 우향에게 청혼한다. 당연히 우향의 집안에서는 심하게 반대를 한다. 하지만 우향은 자신의 선택을 믿었다. 대신 우향은 운보에게 결혼하기 위한 조건을 내걸었다. 살다 헤어져도 친구로 만나고, 어떠한 일이 있어도 예술에 대해 간섭하지 않고 계속 그림을 그릴 수 있는 여건을 만들어 주는 것, 즉 서로의 인격과 예술을 존중하는 것이 그 조건이다.

그녀가 이런 조건을 내민 것은 어쩌면 당연하다. 그녀가 나온 동경 여자 미술전문학교 선배로는 나혜석이 있고, 후배로는 천경자가 있다. 이것이 무엇을 의미하는가. 당시 신여성이 자신의 정체성을 살리며 사는 삶이 쉽지 않다는 뜻이다. 우향이 운보의 결핍을 눈여겨본 이유일 것이다.

분명 운보는 모자랐다. 대신 자신의 결핍만큼 상대를 위한 자리를 마련해놓을 수 있었다. 자신의 결핍을 비비 꼬인 열등감으로 채우는 사람이 많은데, 운보는 그 자리에 아랑을 채운 것이다. 이러니 천생연분이다. 그래서 사랑에 공식이 없고, 인생은 살 만하다. 누군가는 완벽하게 채워진 자리가 아니면 사랑의 손끝 하나 대지 않는 반면, 누군가는 상대방의 결핍이 귀하니 말이다.

그렇더라도 상대방의 결핍이나 충만을 이용하기만 했다면 그건 거래이지 사랑은 아니다. 우향 역시 시작은 예술을 위한 결합의 성격도 있었겠지만, 둘은 서로가 서로를 자극하고 격려하며 사랑했다.

우향은 운보에게 동료이자, 어머니였다. 그녀는 그에게 글을 가르쳤는가 하면, 끊임없이 자극해서 말을 하게 만들었다. 그녀는 일부러 싸움을 걸어 운보가 말을 하지 않고는 배길 수 없게 만들었다. 결국 운보는 구화법으로 어눌하게나마 의사소통이 가능하게 됐는데, 그 가운데 '여보'라는 말을 제일 자신 있게 했다.

그런가 하면 운보는 우향을 통해 새로운 미술사를 접했고, 특히 1960년대 함께 떠난 세계여행을 통해 오히려 한국적인 것에 대한 중요함을 깨닫는다. 이후 운보는 우리만의 해학이 깃든 〈바보산수〉나 〈청록산수〉 등을 발표하며 새로운 자기만의 세계를 개척해간다.

우향은 운보의 후원자 역할을 하면서도 자신의 그림 작업을 꾸준히 한다. 그녀는 해방되면서 일본풍을 버리고, 여성들의 강인한 생활력을 소재로 한 작품을 그렸고, 1960년대에는 순수추상으로 새로운 시도를 하는 등 화가로서도 치열했다.

우향은 남편 운보와 열일곱 번이나 부부전을 열었다. 그러면서도 네 아이를 낳고 키워냈다. 그러나 모든 게 그렇듯 눈에 보이는 것이 다가 아니다. 아이를 넷이나 낳았으나, 육아는 거의 우향의 몫이었다. 운보는 고집이 세고 외골수였다. 게다가 섬세한 의사소통은 할 수 없는 상황이었다.

예술가 커플을 보면 하나가 조력자로 머무는 경우가 많다. 우향 역시 그렇게 될까봐 초조했을 것이다. 결국 우향은 뉴욕으로 유학을 떠난다. 막내가 사춘기를 건너는 걸 다 보지 못했지만, 화가로선 필요한 결단이었고, 오랜 기다림이었을 것이다. 중년이 된 운보 역시 다시 혼자가 되는 일이 쉽지 않았을 테지만, 아내이며 동료이고, 어머니이며 할머니인 우향을 붙잡지 못했다. 자신을 사랑으로 충실하게 내조했고, 주부로서 알뜰했던, 그러나 화가로서도 오롯했던 그녀를 붙잡지 못한 건 당연하다. 물론 운보는 우향을 따라 한동안 뉴욕에 머물기도 했다.

사랑과 예술, 두 마리 토끼를 다 잡기 위해 둘이 얼마나 치열했을까 싶다. 우향은 우향대로 화가로서의 소신을 굽히지 않으면서 운보를 내조했다. 여성에 대해, 특히 예술을 하는 여성에 대해 이해가 부족했던 시절에, 고집 센 예술가이면서 장애인인 남편을 내조하면서 끝까지 붓을 놓지 않았던 우향은 얼마나 단단한 사람이었을까. 운보는 또 이 단단한 여자의 사랑을 어떻게 지켜냈을까. 운보는 운보대로 당시의 남성적 편견에서 자유롭고자 노력했을 것이다.

상대에게 가장 많이 줄 수 있는 것은 빈손이다.
빈손을 내밀면 거기 따뜻한 체온과 손을 맞잡을 수 있는
다정함이 있다. 사랑 역시 내가 무언가를 많이 이루고
가져야만 오는 게 아니다.

해방과 한국전쟁의 격변기, 산업화 시대의 역동성으로 꿈틀거리며 엄청난 변화가 있었던 시기였지만, 여성에 대한 인식은 여전히 보수적이던 시절이었다. 시대를 뛰어넘는 사고를 갖는다는 것은 생각처럼 쉽지 않다. 더구나 운보에겐 죄의식과 사랑을 동시에 품고 늘 보살펴주던 어머니와 할머니가 있어 더 보수적일 수 있는 상황이었다. 우향 역시 운보에게 어머니이자 할머

니였던 적이 많았다. 그런 운보에게 여자의 무조건적인 헌신은 익숙했을 것이다. 그러니 처음 사랑하고 결혼할 때의 마음과 달리, 우향에게 아내의 자리에만 있어주길 요구할 수도 있었다.

그러나 운보도 우향도 초심에 크게 벗어나지 않았다. 사랑과 존경이 없었다면 고단하고 지쳤을 것이다. 그러니 열일곱 번의 부부전이 갖는 의미는 단순한 부부금슬보다 훨씬 많은 의미를 담고 있는 셈이다.

우향의 치열함은 결국 죽음 앞에서 멈춘다. 뉴욕에서 그녀는 암을 안고 돌아왔다. 맹렬하게 달리던 기차가 우뚝 멈췄을 때의 적막감을 운보는 그림으로 메운다. 운보는 우향이 죽고 두 달 동안 무려 80여 점의 작품을 눈물처럼 쏟아냈다. 그가 하늘의 선물이라 표현했던 아내, 우향 박래현. 운보는 구화로도 끝내 사랑한다는 말을 하지 못한 것을 후회했고, 사랑하는 여자의 목소리를 듣지 못한 것을 슬퍼했다.

운보는 사랑하는 우향을 기리기 위해, 두 사람의 호를 한 자씩 따서 '운향 미술관'을 성북동 자택에 건립한다. 이것은 우향의 사랑에 대한 뒤늦은 답가이며, 남편 운보에게 가려 있던 미안함에 대한 조촐한 감사의 표현일 것이다.

결핍된 곳에 자신의 사랑을 내릴 줄 아는 여자와 자신의 모자람을 여백으로 끌어올린 남자, 운보와 우향이 예술가로서, 평범한 인간으로서 아름다운 사랑을 할 수 있었던 것은 덜어내고 채우는 균형 감각에 있지 않을까.

　가끔 우리는 손에 뭔가를 갖고 있어야만 상대에게 줄 수 있다고 착각한다. 그러나 상대에게 가장 많이 줄 수 있는 것은 빈손이다. 빈손을 내밀면 거기 따뜻한 체온과 손을 맞잡을 수 있는 다정함이 있다. 사랑 역시 내가 무언가를 많이 이루고 가져야만 오는 게 아니다. 누군가는 비어 있는 어깨가 사랑스러울 수 있다.

산을 넘고 바다 건너
운명을 만나다

찰리 채플린

운명적인 사랑이란 낭만적이지만, 참으로 잔인하기도 하다

찰리 스펜서 채플린Charles Spencer Chaplin (1889~1977)

콧수염과 헐렁한 바지, 커다란 구두, 지팡이, 중절모로 자신만의 독특한 캐릭터를 만든 무성영화시대 최고의 배우이자 감독이다. 런던에서 태어나 어렸을 때부터 무대에서 노래와 연기를 했고, 미국으로 활동 무대를 옮겨 무성영화의 배우로 활동했다. 자신의 경험이 총체적으로 결합된 첫 장편영화 〈키드〉, 계급 사이의 갈등과 낭만적인 사랑을 그린 〈시티 라이트〉, 산업사회의 모순을 날카롭게 비판한 〈모던 타임스〉, 나치즘과 파시즘을 풍자한 〈독재자〉 등과 같은 그의 수많은 영화들은 영화사적으로 매우 중요한 작품들이다.

　　혹시 지친 게 아닐까? 그러나 찰리 채플린은 운명이라고 했다. "우나 오닐Oona O'Neill을 좀 더 일찍 만났더라면 사랑을 찾아 헤매는 일은 없었을 것이다. 세상의 단 한 사람에게만 느낄 수 있는 것이 바로 사랑이다." 세 번의 결혼과 온갖 염문 제조기로 젊은 날을 물들인 남자가 쉰네 살의 나이에 네 번째 결혼을 하고나서 한 말이다.

　　널리 알려졌다시피 찰리 채플린의 어린 날은 고난과 시련의 날이었다. 오죽했으면 어린 날 자신의 인생을 '궁지에 몰린 눈먼 쥐가 맞아죽기를 기다리는 것'과 같다고 했겠는가. 그는 신문팔이, 병원 잡부, 공장 노동자, 장작 패기 등 온갖 허드렛일을 다했다. 물론 정규교육도 받지 못했다. 그래서 열네 살 때 첫 배역을 맡았을 때, 대본을 읽을 수도 없었다.

　　어린 날 극한의 가난과 비루함의 터널을 지나서 그는 엄청난 성공을 이루었다. 단지 대중의 인기만이 아니라, 그의 영화는 예술성과 상업성 두 마리 토끼를 다 잡았다. 그런 그 앞에 돈과 함께 찾아온 것이 여자였다. 우리 속담에 '개같이 벌어서 정승같이 쓰라'는 말이 있다. 그러나 이는 생각처럼 쉽지 않다. 벌기도 쉽지 않지만, 번 돈을 정승같이 쓰는 일도 만만찮다. 찰리 채플린 역시 자신의 성공을 정승같이 향유하진 못했다. 특히 여자 문제에서는.

운명적인 사랑을 만나기 위해

숱한 천둥과 벼락을 맞아야 한다면, 그 사랑이야말로

참으로 고약하지 않은가.

소문대로 그는 소아성애자였는지도 모른다. 그의 연애 이력과 결혼 이력이 증명한다. 그의 첫 번째 부인은 열여섯 살이었는데, 2년을 못 살고 헤어졌다. 두 번째 부인도 열여섯 살로 역시 2년쯤 살고 헤어졌다. 첫 번째 결혼은 여자가 임신했다고 해서 억지로 한 결혼이었고, 두 번째는 미성년자 강간범으로 몰릴까봐 한 것이었다. 그것도 임신한 여자에게 낙태를 권유하

다 그게 안 되자 다른 남자와 결혼을 하면 돈을 주겠다는 제의
까지 했으나 거절하자 할 수 없이 한 결혼이었다. 그나마 나이
가 많은 게 세 번째 부인이었는데, 그녀는 스물다섯 살이었고,
앞선 두 부인보다 좀 더 오래 함께했지만 그래봤자 고작 6년
정도였다.

처음 결혼했을 때 그의 나이가 스물여덟 살이었고, 세 번째
부인과 헤어졌을 때는 쉰셋이었다. 결혼 생활을 하면서도 그는
어린 여자들과 숱한 염문을 뿌렸다. 그리고 그가 진짜 사랑이라
말했던 우나 오닐 역시 열여덟 살이었다.

우나 오닐을 만나기 전까지 찰리 채플린의 여자관계는 복잡
하고 추잡했다. 숱한 불륜은 물론이고 온갖 사건 사고를 몰고
다녔다. 그의 방종한 사생활이 담긴 글을 두 번째 아내가 25센
트에 팔기도 했고, 불륜녀와 친자 확인 소송까지 해야 했다. 그
러나 우나 오닐을 만난 이후로 그의 염문 행각은 멈춘다. 그의
말대로 운명적인 사랑이었던 모양이다. 한 송이 국화꽃을 피우
기 위해 봄부터 소쩍새가 그리 많이 울고, 천둥이 또 그리 울고,
무서리가 내렸듯이, 숱한 일을 치르고 난 찰리 채플린은 우나
오닐을 만난 뒤로, 머언 먼 젊음의 뒤안길에서 돌아와 거울 앞
에 선 누이처럼 차분하고 안정되었다.

쉰네 살의 찰리 채플린은 결혼 생활에 충실했다. 열두 띠를 세 바퀴 돌고도 남는 나이 차에도 불구하고 아이도 여덟이나 두었다. 그러고 보면 "우나 같은 여자를 일찍 만났더라면, 나는 결코 그 어떤 여자 문제도 일으키지 않았을 것이다. 생애 내내 그녀가 누구인지 모르면서, 나는 우나를 기다렸던 것이다"라고 했던 그의 말은 진실인 듯하다.

우나 오닐과 결혼한 게 1943년이고, 이후 나온 영화로 1947년 〈살인광 시대〉, 1952년 〈라임라이트〉가 있다. 그런데 〈라임라이트〉를 보면 찰리 채플린이 누린 안정과 편안함이 느껴진다. 더구나 매카시즘(극단적이고 초보수적인 반공주의 선풍. 또는 정적이나 체제에 반대하는 사람을 공산주의자로 몰아 처벌하려는 경향이나 태도) 광풍에 휘말려 있을 때인데, 온 가족이 나서서(이 영화에 찰리 채플린의 가족들이 대거 동원된다) 이토록 아름다운 작품을 만들어낸 것은 우나 오닐과 함께한 편안한 가정 덕분이라는 생각이 든다.

그렇더라도 운명적인 사랑을 만나기 위해 숱한 천둥과 벼락을 맞아야 한다면, 그 사랑이야말로 참으로 고약하지 않은가. 세상 온갖 풍파에 시달린 다음 만났기에 운명이 되었는지, 운명을 만나기 위해 풍파를 견뎌야 했는지 모르겠다.

찰리 채플린이 훌륭한 예술가인 건 분명하지만, 우나 오닐을 만나기 전까지 그는 한 남자로서 용렬했다. 운명이고 기적이라면 이런 남자를, 넘쳐나는 염문에 친자 확인 소송까지 걸려 있는 이런 중늙은이를 사랑한다고 말한 우나 오닐에게 해당된다. 1942년 최고의 미녀상까지 받을 정도로 미모가 뛰어났으며, 유명한 극작가인 아버지 유진 오닐과, 사교계의 유명 인사인 어머니를 둔 우나 오닐은 무슨 생각으로 찰리 채플린을 사랑했던 것일까. 열여덟 살의 무모한 순수함이었을까. 유명한 배우가 되거나 유명한 배우와 결혼하겠다는 꿈을 실현시키기 위해서였을까. 아니면 찰리 채플린의 부와 명성 때문이었을까.

사실, 우나 오닐은 겉으로 보이는 대단함과 달리 상처투성이였다. 그녀의 할아버지는 가난한 떠돌이 연극배우였고, 할머니는 알코올 중독자였다. 또 큰아버지 역시 알코올 중독자였으며 아버지 유진 오닐도 술고래였다. 오빠 유진 오닐 2세는 동맥을 끊고 자살했고, 또 다른 오빠는 자살 실패 후 헤로인 중독자가 되었다.

물론 우나 오닐이 자신이 처한 상황과 찰리 채플린의 또 다른 모습을 제대로 이해해서 사랑했다고 단언할 수는 없다. 결혼식 날 기자들에게 말했듯이, '미묘한 문제'다. 다만 상처가 상처를 알아본 게 아니었을까, 유추해본다. 화려하게 성공했으나 이런

날의 상처가 여전히 곪아 있는 아픔, 여자는 많지만 사랑할 줄
모르는 쓸쓸함, 돈은 많으나 제대로 쓸 줄 모르는 어리석음, 남
을 웃기기는 하지만 자신은 즐겁지 않은 비애, 우쭐대긴 하지만
자존감이 바닥인 괴로움. 사실 우나 오닐에게도 이런 내상內傷
은 익숙했을 것이다.

쓰러지고 깨지면서

운명적인 사랑을 기다릴 필요는 없을지 모른다.

올 것이라면 언젠가는 오겠지만, 차라리 눈 먼 사랑 하나 잡아서

운명으로 바꾸는 것도 괜찮지 않을까.

상처는 상처를 알아본다. 그러나 상처 입은 모든 영혼들이 서
로를 보듬고 위로하진 않는다. 내 상처와 닮은 것을 만나면, 너
무 아리고 슬퍼서, 혹은 구질구질하고 지긋지긋해서 그 어떤 사
람보다 먼저 외면하고 돌아선다. 그런 의미에서 둘의 사랑은 운
명이었는지 모른다.

찰리 채플린은 그나마 운이 좋은 남자다. 늦긴 했지만, 운명

이라 부를 수 있는 사랑을 만났으니까. 그는 우나 채플린과 30
년 넘게 해로했다. 그런데 의외로 많은 사람들이 운명이라 부를
만한 사랑을 만나지 못한다. 심지어 운명까진 아니어도, 싸우
고, 정들면서 솔솔 싹 트는 사랑도 못 만나는 경우가 허다하다.
그래서 어떤 이는 평생을 외롭게 살고, 또 어떤 사람은 평생 사
랑을 찾아 떠돌다 객사한다. 그러니 운명적인 사랑이란 말은 참
으로 낭만적이지만, 잔인하기도 하다.

알 수 없는 운명을 만나기 위해 얼마나 많은 오류를 건너야
하고, 애먼 시간을 기다려야 하는가. 심지어, 운명적 사랑조차
도 언제나 아름답고 따스한 건 아니다. 그나마 순환선 열차처럼
돌다가 기어이 오는 것도 아니다. 운명임에도, 고도처럼 끝내
오지 않을 수도 있다. 우리는 에스트라공과 블라디미르가 고도
를 기다리는 것을 보는 그 시간도 지루하다. 그러니 지치고 지
치면서, 산 넘고 물을 건너면서, 쓰러지고 깨지면서 운명적인
사랑을 기다릴 필요는 없을지 모른다. 올 것이라면 언젠가는 오
겠지만, 차라리 눈 먼 사랑 하나 잡아서 운명으로 바꾸는 것도
괜찮지 않을까.

그래도 기어이 운명적인 사랑을 믿고 싶다면 노자 할아버지
한테 배울 게 두 가지가 있다. '그릇은 한가운데가 비어 있어

쓸모가 있다.' 즉, 운명적인 사랑이 올 때까지 사랑의 자리를 비워둘 수 있어야 한다. 담기는 그릇의 모양에 따라 달라지는 건, 물뿐만이 아니다. 사랑 역시 서로의 눈빛과 마음 씀의 형태에 따라 모양이 달라진다. 그러니 내가 어떤 사랑을 하고 싶은지, 내 사랑이 담길 그릇을 미리 준비해두는 것이다. 찰리 채플린처럼 온갖 쓰레기를 담던 그릇에 내 소중한 사랑을 담고 싶지 않다면, 그리하여 운명이라 말할 내 사랑에게 미안해 하고 싶지 않다면 말이다.

'아무리 좋은 점토로 훌륭한 도공이 아름답게 빚어도 비어 있지 않으면 그릇으로 쓸 수가 없다'는 노자의 말을 부처님 식으로 살짝 비틀어보자. 그 빈 곳에 오줌을 채우면 요강이 되고, 쌀을 채우면 뒤주가 된다. 결정적인 운명의 시간이 오기까지 무엇을 하면서 보낼 것인가. 사랑으로 모든 게 용서되지 않듯이, 운명의 이름으로도 모든 게 용서되지 않는다. 아무리 운명일지라도, 요강에 밥 담는 사람이 많지 않을 뿐 아니라, 유쾌하고 행복한 일도 아니다.

처음 내가 찰리 채플린에게 품었던 의혹, 운명이 아니라 지친 게 아니냐는 말은 공연한 찍자가 아니다. 그래도 어쨌든 찰리 채플린은 운이 좋은 사내다.

애인이며 엄마였고, 부처였으며 그리고 해바라기가 된 여자

백남준과 구보타 시게코

사랑이 얼마나 크기에 오만 가지를 다 품을 수 있을까

백남준 (1932~2006)

비디오아트를 창시한 공로로 금세기 최고의 실험적인 작가로 꼽힌다. 유럽과 미국에서 전위적이고 실험적인 공연과 전시회를 선보였다. 1963년 독일 부퍼달 파르니스 화랑에서 첫 개인전을 열며 비디오 예술의 창시자로 세계 미술계의 주목을 받았다. 1969년 미국에서 샬롯 무어맨Sharlotte Mooreman과의 공연으로 비디오아트를 예술 장르에 편입시킨 선구자라는 평을 들었다.

구보타 시게코 (1937~)

백남준의 아내이며 일본의 비디오 예술가이다. 대표작은 20세기 현대미술의 상징적 인물인 마르셀 뒤샹의 삶을 비디오로 형상화한 〈뒤샹의 무덤〉이 있다. 서구 문명의 각종 미디어를 동양적 관념으로 승화시켜 아시아인으로 예술적 정체성을 추구했다는 평을 받는다. 1996년 백남준이 쓰러진 뒤 간병에 전념하다가 그의 사망 후에 '백남준의 아내 구보타'에서 '작가 구보타'로 돌아와 작품 활동을 펼치고 있다.

'시게코, 넌 젊어선 멋진 애인이었고, 늙어선 최고의 엄마이자 부처가 됐어.' 일흔 살의 남편은 예순다섯 살의 아내에게 이렇게 편지를 썼다. 아내는 그 편지를 늘 지니고 다녔다. 그리고 그가 죽은 뒤 "우리, 40년간 굉장히 사랑했어요"라고 말한다.

나이가 들면 넉넉해지고 너그러워지며, 부부애가 더 깊어진다는 것은 오해다. "내가 살아온 세월을 글로 쓰면 책 열 권이 넘는다"는 할머니들의 푸념 밑바닥엔 남편에 대한 애증이 깔려 있다. "여태 살아왔으니 그냥 산다만, 사랑이라니? 개나 주라지"라는 말이 생략되어 있는 것이다. 특히 젊은 한때 남편이나 아내가 치명적인 잘못이라도 저질렀다면 더욱 그렇다.

짐작했겠지만, 애인이었다가 엄마였다가 부처가 되었다고 말하는 이면엔 젊은 날 얼마나 아내 속을 썩였는지가 보인다. 오죽하면 부인이 엄마가 되고 부처가 되었겠는가. 그런데도 그 남편을 일평생 사랑한 여자라니. 도대체 사랑의 이름으로 어디까지 물러나고 양보할 수 있을까. 사랑이 얼마나 커야 오만 가지를 다 품을 수 있을까.

구보타 시게코가 백남준을 만난 것은 1963년이었다. 백남준이 독일에서 막 도쿄에 왔을 때인데, 일본 신문에 '미친 한국인이 희한한 퍼포먼스를 한다'는 식의 기사가 크게 실렸다. 그는 피아노를 부수는 괴짜 예술가로 통했다. 그런데 그 기사를 보는 순간 구보타는 이 남자에게 반한다. 결혼할 생각까지 했다. 그래서 그가 '피아노 때려 부수기' 퍼포먼스를 벌인 후 파티를 연다는 사실을 알고는 그 자리에 참석해 첫인사를 나눈다. 그러나 백남준은 곧 미국으로 떠났다. 이때 뉴욕이 플럭서스의 메카로 떠오르고 있었기 때문이다. 플럭서스는 1960년대에서 1970년대에 걸쳐 독일의 여러 도시들을 중심으로 일어난 국제적 전위

예술운동이다.

백남준이 미국으로 떠나고 그녀도 뒤따라 뉴욕에 입성한다. 그리고 다시 백남준을 만난다. 그 뒤 구보타는 늘 백남준 곁을 맴돌며 구애를 한다. 그러나 백남준은 결혼에는 관심이 없었다. 설상가상으로 백남준의 형도 두 사람의 결혼에 반대한다. 하지만 구보타는 끈질겼다. 그리고 1970년 마침내 둘은 동거를 시작하고, 1977년에는 결혼까지 한다. 첫 만남 후 14년 만이었다.

지금 시각으로 보면, 그 유명한 백남준이니 그럴 만했겠다 싶지만, 그건 아니다. 당시 백남준은 일반인에게 널리 알려진 유명 작가도 아니었고, 돈이 많은 사람도 아니었다. 1977년 독일 뒤셀도르프 미술대학의 비디오아트 과목 강사 자리를 얻을 때까지, 일자리도 없었다. 구보타가 뉴욕에 있는 일본인 학교에서 일을 해서 돈을 벌었다.

백남준은 아이도 원치 않았다. 아이가 생기면 부양의무 때문에 예술에 전념할 수 없다는 게 이유였다. 또 그는 여자의 몸을 자주 작품 오브제로 쓸 정도로 여성을 좋아했다. 정신없이 바쁘고 자유분방한 탓에 구보타와 느긋하게 사랑할 시간도 많지 않았다. 구보타는 몇 년을 구애하다 어렵게 결혼까지 했으나 남편의 사랑에는 여전히 목말랐던 셈이다. 오죽하면 그가 1996년

뇌졸중으로 쓰러졌을 때 "남편이 아프고 나서야 비로소 아내가 된 느낌"이라고 말할 정도였을까.

신문을 보고 첫눈에 반한 느낌이 아무리 강렬하고 깊었다 해도 백남준을 향한 구보타의 사랑은 놀랍다. 집착으로 변질된 게 아니라면 한쪽으로만 흐르는 남녀 간의 사랑은 지치기 마련이다. 그러니 둘의 삶 중간 중간에 구보타의 갈증을 달래줄 무언가가 있었을 것이다. 여기저기에서 인터뷰한 내용을 보면 그녀가 사랑한 평소의 백남준을 알 수 있다.

"그는 명석한 철학자이고 훌륭한 재담가였다. 아주 지적이고 재미있는 사람이다. 사람을 전혀 지겹게 만들지 않는다. 또 내 일도 잘 도와줬다."
"그는 예의바르고 조용한 사람이다."
"스마트하고 달콤하고 재미있고 섹스를 잘하는 남자였다."

그렇더라도 어느 순간 사랑이고 뭐고 다 내던져지는 순간이 있게 마련이다. 평범한 부부들에게도 그런 순간이 심심치 않게 있다. 자유를 목숨처럼 여기는 예술가라면 오죽하겠는가.

뇌졸중으로 쓰러진 백남준을 위해 부부는 겨울만 되면 플로리다 주 마이애미 바닷가에 가 살았다. 마이애미 바닷가는 날씨도 좋았지만 젊고 예쁜 여자가 많았다. 백남준은 언제나 아름다운 여자들과 함께 있는 걸 즐겼다. 아무리 늙었어도 아내는 여자다. 젊어서도 그러더니 늙고 병들어서도 저러는구나, 불만도 많았을 것이다. 하지만 구보타는 백남준의 병을 다스리는 약이라 생각하고 참았다. 그런데 백남준은 한술 더 뜬다. 그는 2002년 〈뉴욕 타임스〉와의 인터뷰에서 자신의 작품 오브제로 등장했던 첼로 연주자 샬롯 무어맨과 승용차 안에서 진한 사랑을 나눴다고 실토한 것이다.

'도대체 사랑의 이름으로 어디까지 물러나고 양보할 수 있을까'
라는 물음에 대한 답은 '어디까지'라는 한계에 있지 않다.
그저 이해하면 된다.

구보타도 수십 차례 개인전을 연 화려한 경력의 비디오 예술가다. 비록 백남준만큼 유명하지는 않았지만, 남편과 함께, 혹은 따로 꾸준히 작품 활동을 해왔었다. 그러나 남편을 간병하느라 개인전을 열지 못하고 있는 처지였다. 그런 아내가 분명히 자신의 인터뷰 내용을 볼 걸 알면서도 그렇게 얘기했다. 백남준이 철이 없는 건지, 정말 구보타를 부처로 여긴 건지 모르겠다.

구보타는 몸이 불편한 백남준을 꼬박 10년간 돌봤다. 그런데 "평생 싸웠지만 정말 사랑했다"고 하는 구보타에게서 한보다는 그리움이 더 진하게 느껴지는 건, 그녀의 이 말 때문일 것이다. 남편이 미울 때는 없었느냐는 어느 기자의 질문에, 그녀는 이렇게 대답했다. "왜 없어요? 난 그이의 행위예술보다 비디오아트를 좋아했어요. 그이에게 '신문 톱기사로 실리는 예술 따윈 싫어'라고 했지요. 그이가 여자들에게 인기 있는 것도 질투했어요. 너무 미워서, 저 사람이 왜 저럴까 곰곰이 생각해봤어요. 그이는 부호의 아들이었지만 해방과 6·25가 닥치자 조국을 떠나야 했어요. 집시처럼 미국, 홍콩, 일본, 독일을 떠돌았지요. 한번은 여름 코트 안감을 한국 삼베로 대줬더니 아이처럼 좋아했어요. 그런 식으로 사소한 부분까지 조국을 그리워했지요. 그이를 이해하자 질투와 미움이 동정으로 바뀌었어요."

이는 사랑이 감성 세계를 벗어난 곳에 존재하는 이유다. 분명 사랑은 감성의 영역에서 스파크가 일지만, 그곳에만 머무는 것은 아니다. 오히려 감성은 고치이고 고치를 벗어난 사랑에 날개를 달아주는 것은 그 외의 것들이다. 돈이나 명예도 날개에 힘을 준다. 그러나 가장 지속적이고 안정적인 것은 이해가 아닐까. 사랑과 이해가 만났을 때 가장 아름다운 날개가 된다. 이해가 없는 사랑은 쉽게 다친다.

침대도 없이 바닥에서 자는 형편에 작품을 만들기 위해 TV 100대를 사야 한다고 할 때, 내 마누라가 오노 요코처럼 유명한 예술가였으면 좋겠다고 말할 때, 아이를 가지면 예술을 못하니 아이를 갖지 말자고 할 때, 오브제였던 여자와 사랑을 나눴다고 실토할 때, 아내인 자신보다 집 밖에 사랑하는 게 더 많다고 고백할 때, 이 모든 것이 사랑하는 이에겐 비수가 된다. 더구나 백남준보다 구보타가 더 많이 사랑해서 한 결혼이었다. 그러니 "하도 따라다니기에 불쌍해서 결혼해줬다"라고 장난스럽게 말한 것까지 꿍하게 뭉칠 수 있다.

사랑의 상처는 깊다. 뼛속까지 스미기 때문이다. 하지만 이해가 뒷받침된 사랑은 힘이 있다. 상처는 피할 수 없으나 뼛속까지 스미어 결국에는 스스로에게까지 칼을 겨누지는 않는다.

그러므로 '도대체 사랑의 이름으로 어디까지 물러나고 양보할 수 있을까'라는 물음에 대한 답은 '어디까지'라는 한계에 있지 않다. 그저 이해하면 된다. 그러니 가슴 깊은 곳에서 사랑의 스파크가 일어났다면, 그리고 점점 더 간절해진다면, 체력을 길

러야 한다. 그래서 논리와 이해의 영역까지 힘차게 뻗쳐 자라나
도록 해야 한다.

그래도 사랑은 여전히 감성의 영역에 뿌리를 두고 있다는 걸
잊으면 안 된다. 구보타도 그랬다. 그녀 역시 사랑의 상처는 피
하지 못했다. 그리움이 남았다. 남편을 10년 동안 간병하느라
고 사생활을 갖지 못했으나, 그사이에도 그녀는 일기 쓰듯 비디
오를 찍었다. 이제 그가 가고 그녀는 그 비디오와 사랑을 나눈
다. 그녀가 찍은 남편의 비디오는 2만 7,300개나 된다. 그중 몇
개는 자동 반복 기능을 설정해놓고 몇 번이고 본다. 그러면서
화면 속의 그에게 말을 걸고, 울고, 웃고, 그의 목소리를 생시인
듯 들으며 행복해 한다.

그녀는 10년 만에 전시를 열며 '아내' 구보타에서 '작가' 구
보타로 돌아왔다. 하지만 그 자리 역시 백남준을 위한 자리였
다. 그녀의 전시 제목은 '백남준과 함께한 내 인생My Life With
Nam Jun Paik'이었다. 전시장에는 백남준이 열세 살에 작곡했다
는 곡이 흘렀다. 온통 백남준에 대한 오마주였다. 앞으로도 그
녀는 사랑하는 이가 남긴 그리움을 꽃다발처럼 들고 살다 갈 것
이다. 꽃다발을 받을 사람은 이미 무대 밖으로 사라졌다.

막 시작하는 사랑은 사랑의 불로

서로의 온 인생을 따뜻하게 덥힐 수 있을 것처럼 보인다

그러나 사랑 역시 연료가 필요하다

사랑은 사랑으로만 탈 수 없다

2 사랑 참 어렵다,
많이 힘들다

시리다,
그대의 사랑

루 살로메

상처받기 싫어서 쿨한 척하는 것은 진짜가 아니다

루 안드레아스 살로메Lou Andreas Salomé (1861~1937)

철학, 신학, 예술사 등을 두루 섭렵하고 수많은 소설과 수필, 심리학 논문 등을 발표한 작가이지만, 프리드리히 니체, 라이너 마리아 릴케, 지그문트 프로이트, 리하르트 바그너 등 20세기 유럽의 대표적 지성들을 매료시킨 '전설의 여인' 혹은 '하인베르크의 마녀'로 기억된다. 그러나 오늘날에는 남성이나 가족의 굴레에서 벗어나 창작 활동을 통해 경제적 자유와 사회적 지위를 확보했다는 점에서 19세기 역사의 격동기에 여성이라는 핸디캡을 극복한 자유인으로 평가받고 있다.

한때 '쿨'한 사랑에 경탄을 보내던 때가 있었다. 사랑의 방식이 마치 유행처럼 번진 경우다. 가장 뜨거운 감정에 쿨하다는 수식어를 붙인 것부터가 참 뜨악한 일이다. 그런데 진짜로 사랑한다면 어떻게 쿨할 수 있을까. 혹시 쿨한 것이 아니라, 쿨한 척하는 겉멋이고, 위악적인 유행에 불과했던 건 아닐까.

그러나 어쨌든 쿨한 사랑은 누구나 한 번쯤 꿈꾸는 것인지 모른다. 비록 '쿨'이란 이름을 얼마 전에 단 것뿐이지, 이미 7, 80년대 쿨한 사랑이 우리나라 이십대를 사로잡은 적도 있다. 1970년대 후반에 나온 책 《나의 누이여 나의 신부여》란 책이 공전의 히트를 쳤는데, 이 책에서 다룬 루 살로메는 당시 대학생들에게 회자되던 여자였다. 그녀의 당찬 사랑과 함께.

루 살로메는 당대 최고의 지성인이라 일컬어지는 니체, 릴케, 프로이트에게 사랑의 열병과 함께 창조적 영감을 안겨준 여자다. 이름 앞에 팜므파탈이라는 수식이 붙었으니 어찌 이 세 사람뿐이랴. 파울 레, 하우푸트만, 베데킨트, 호프만슈탈, 슈니츨러, 피넬레스, 타우스크…….

　때로 사랑에 빠진 사람들은 사랑으로 이루지 못할 일은 없다고 믿는다. 사랑이 있으므로 그 어떤 장벽도 다 넘을 듯 용감하다. 사랑에는 국경도 없고, 빈부 차이도 없고, 심지어 성의 차별도 없다는 말은 괜히 나온 게 아니라고 굳게 믿는다. 그러다 너무 아름답고 너무 행복하여 세상이 끝나도록 이어질 줄 알았던 사랑이 어느 날 문득 장벽이 된 걸 발견하고 절망한다. 사랑과 자유는 얼핏 무관한 것 같지만, 현실에선 대단히 밀접한 관계다. 언제나는 아니지만 사랑과 자유는 반비례인 경우도 많다. 우리는 사랑한다는 이유로 상대를 내 시야에 두고, 울타리 안에 가둔다. 심지어 사랑의 목줄은 의외로 짧아서 짧은 열정의 시간이 지나면 잡혀 버둥거리게 된다, 사랑이라 믿었던 그것에.

루 살로메를 사랑했던 많은 남자들이 바로 이 공식에서 벗어나지 못했다. 그들은 모두 루 살로메를 열렬히 사랑했다. 그리고 정신 이상이 됐고, 자살했으며, 평생 독신으로 살거나 사랑하지도 않는 여자와 결혼했고, 저승사자의 손을 잡으면서도 "나의 그 무엇이 마음에 들지 않았는지 루 살로메에게 좀 물어봐주십시오"라고 한탄했다. 또 지성과 이성을 모두 내버리고, 징징대며 그녀에게 돌아와달라고 애원했다. 니체는 "우리가 어느 별에서 와 여기서 만나게 되었지요?"라고 시작한 사랑의 환희가 절망으로 변했을 때, 단 열흘 만에 불후의 명작 《짜라투스트라는 이렇게 말했다》를 써냈고, 릴케는 사랑이 좌절된 힘으로 세계인이 사랑하는 시 〈두이노의 비가〉, 〈오르페우스에게 바치는 소네트〉 등 최고의 걸작들을 썼으며, 많은 사람들이 자신의 학문의 깊이를 더하기도 했다.

모두들 루 살로메를 사랑한 만큼 그녀를 자신의 자장 안에 두고자 했으나 실패했다. 그리고 루 살로메를 붙들어두고자 했던 자장은 잔인한 나락이 되었다. 루 살로메만이 상식이라 불리는 사랑의 룰에 관심이 없었다. 오로지 그녀만이 의연하고 담담했다. 요즘 식으로 쿨했다.

쿨하다는 것, 엄밀히 말하면 사랑 앞에 붙을 수식어는 아니다. 이는 이별을 염두에 둔 말이다. 열렬히 사랑하지만, 더 이상 사랑이 아닐 때는 흔쾌히 떠나는 것. 사랑하면서 한눈파는 연인에 관대한 것. 즉, 사랑이 목줄이 되고, 올가미로 변질되면 과감히 벗어나는 것. 외견상 그녀가 그랬다. 그리고 그 쿨함을 많은 사람들, 특히 여성들이 경탄하고 부러워했다. 나 역시 한때 그녀의 자유분방함, 넘치는 자신감과 지성미에 반한 적이 있었다. 그러나 나이가 든 뒤, 그녀를 다시 만났을 때, 이십대 때와는 또 다른 느낌이 들었다.

그녀의 쿨함은 무엇이었나. 우리가 만나는 루 살로메의 첫 번째 남자는 마흔두 살의 유부남이다. 루 살로메가 열여덟 살 때 이 남자는 처자식을 버릴 각오로 그녀에게 청혼했다. 자신의 나이처럼 이 세상이 꽃 같고 이슬 같았을 살로메에게 이 남자의 청혼은 어떻게 비쳤을까. 다른 것은 다 그만두고라도 이성과 학문에 대한 열정이 막 꽃을 피운 열여덟 여자의 눈에 마흔둘의 남자는 그저 늙수그레한 중년 남자일 뿐이다. 그런 남자가 사랑 운운하며 진즉에 했던 사랑을 버리고 자신에게 오겠다니 얼마나 가관이었을까. 어린 그녀는 이 러시아 황실 교사의 청혼을 정중하게 거절했다.

그 다음 기억할 남자로 니체가 있다. "우리가 어느 별에서 와 여기서 만나게 되었지요?"라는 유명한 말을 한 니체는 그녀를 여신처럼 받들었다. 그러나 청혼을 거절당하자 절망에 빠졌고, "여자에게 갈 때는 채찍을 갖고 가는 것을 잊지 말라"고 한다.

그녀가 스물여섯 살 때는 마흔한 살의 남자가 결혼해달라며 자신의 가슴에 칼을 꽂는 소동을 벌였다. 일찍부터 그녀에게 온 사랑은 너무 버거운 것들이었다. 처자식도 버리고, 염치도 버리고, 목숨도 버리고, 그 멋진 지성과 이성조차 버리며 찾아왔다. 그러니 누구보다 당차고 독립적이며 똑똑했던 그녀의 눈에 비친 사랑은 무엇이었을까.

루 살로메는 가슴에 칼을 꽂는 소동을 벌인 남자와 결혼한다. 하지만 평생 성관계를 하지 않는다는 조건이었다. 그리고 이때부터 그녀의 남성 편력이 시작된다. 그러나 숱한 남성 편력이 싸구려 포르노로 전락하지 않은 까닭은 육체에만 집착하지 않았던 점과 상대를 도구로 전락시키지 않았기 때문이다. 그녀는 그저 '쿨한 사랑'을 했을 뿐이다. 또한 남편과도 서로 존경하는 관계를 유지했다. 그랬기에 수많은 남성들과 사랑을 하면서도 사랑에 휘둘리지 않았다. 그녀는 말했다. "남자들이 원하는 것에 신경 쓰지 마세요. 오로지 우리의 주인인 신께서 우리에게 요구하는 것을 하세요. 거기에 자유가 있습니다."

사랑은 운명처럼, 교통사고처럼, 질병처럼 다가오는 것이어서
쉽게 빠져나오기 힘들 때도 있었을 것이다.

사랑의 노예가 되었던 많은 남자들을 넘치도록 보아온 그녀는, 사랑과 자유의 길항 관계를 누구보다 처절하게 지켜보았다. 사랑과 자유, 양립할 수 없는 숙명의 고리를 일찍 파악했다. 그러므로 진짜 쿨한 사랑은 사랑과 자유의 관계를 파악한 그 지점에서 시작해야 한다. 상처받기 싫어서 쿨한 척하는 것은 진짜가 아니다. 쿨한 사랑을 원한다면 루 살로메처럼 해야 한다. 그녀의 사랑은 잠시라도 자유를 묶어둘 말뚝 따위 애초에 만들지 않았다.

그럼에도 사랑은 운명처럼, 교통사고처럼, 질병처럼 다가오는 것이어서 쉽게 빠져나오기 힘들 때도 있었을 것이다. 육체적 사랑과 정신적 사랑의 합일을 경험한 릴케와의 사랑처럼. 라이너 마리아 릴케, 루는 릴케에게 라이너Rainer라는 이름도 주었다. 일설에는 루에게 진정한 육체적 사랑에 눈을 뜨게 한 것이 릴케라고 하기도 한다. 그만큼 둘은 정신적 육체적으로 뜨겁고, 깊었다. 그럼에도 그녀는 릴케를 버렸다. 어쩌면 자신이 사랑에

묶이고 있다는 걸 감지한 순간이었을 것이다. 그녀는 자신이 사랑만으로 나머지 인생을 채울 수 없다는 걸 알았다. 그러니 잠시라도 사랑에만 묶여 있다가 나머지를 찾으려 할 때는 이미 학문도 글쓰기도 더 이상 할 수 없는 시점이라는 걸 알았을 것이다. 그래서 쿨하게 사랑을 포기했다.

문득 그녀가 제대로 사랑이나 한 것일까 하는 의문이 든다. 사랑과 대체할 수 있는 것이 있다면 그게 진짜 사랑일까, 의심이 가는 순간이다. 사랑이 그렇다. 자신의 모든 것을 걸고 집중하고 몰두하지 않으면 뭔가 부족한 느낌이 든다. 그러나 의외로 사랑은 많은 경쟁자들과 함께 있다. 돈, 명예, 권력 등등. 루 살로메에게 사랑의 경쟁자는 학문과 자유였다. 그리고 어린 시절부터 다져진 냉정한 이성이었다. 생각해보면 그녀가 진정 사랑한 것은 인간 개개인이 아니었다. 그녀는 사랑을 사랑했고, 학문과 자유 역시 사랑했다. 다만 그녀가 쿨한 사랑을 할 수 있었던 것은, 사람보다는 학문과 자유를 조금 더 사랑한 까닭이다. 그러므로 그녀가 자유를 잃을 기회가 있었다면, 그녀 역시 사랑을 잃고 헤맨 숱한 사람들처럼 가슴을 헤집으며 미쳤을 것이다.

사랑에도 연료가 필요하다

존 레논과 오노 요코

사랑은 사랑으로만 탈 수 없다

존 레논John Lennon (1940~1980)

비틀스 멤버로 20세기 세계 대중음악사가 낳은 가장 위대한 아티스트였고, 1960년
대에 젊은 대중에게 예수로 추앙받을 만큼 숭고했던 사회운동가였다. 전설적인 레
논-매카트니 작곡 팀의 한 축으로서 진지하고 정치적인 메시지를 음악에 담음으로
써 록 음악의 발전에 큰 영향을 끼쳤다. 〈이매진〉과 〈스트로베리 필즈 포에버〉와 같
은 노래는 대중음악사에서 최고의 노래로 자리매김했다.

오노 요코Yoko Ono (1933~)

대중에겐 존 레논의 부인이며 비틀스 해체의 주범으로 몰리곤 하지만, 매우 영향력
있는 전위예술가이며 반전운동가다. 대표작으로 1964년 도쿄의 소게츠 아트센터
에서 공연한 파격적인 행위 예술 〈조각내기〉, 런던의 트라팔가광장의 넬슨 전승기
념비를 흰 천으로 감싼 〈포장 이벤트〉, 남자들의 엉덩이를 끊임없이 보여주는 영화
〈궁둥이〉, 레논과 함께 침대 위에서 벌인 〈평화를 위한 침대시위〉 등이 있다.

존 레논과 오노 요코, 그들의 사랑은 위험했다. 이해받을 수 없어서 더욱 불안했다. 성경을 살짝 비틀어 인용하면, '…… 인간이 보기에도 좋지 않더라'였다.

오노 요코는 재혼해서 자식까지 있는 여자였고, 존 레논 역시 부인과 자식이 있는 상태였다. 둘의 사랑에 처음부터 박수를 보낸 사람은 아무도 없을 것이다. 이해받지 못한 것도 당연하다. 더구나 존 레논이 아내 신시아를 여행 보내놓고, 그 집에 오노 요코를 끌어들여 마약을 흡입한 것도 모자라, 아내가 여행지에서 돌아왔을 때 보란 듯이 함께 있었다는 것은 더욱 이해할 수 없다. 둘이 가운 바람으로 여행에서 돌아온 신시아에게 "오, 안녕"이라고 인사했다는 그 천연덕스러움에 혀가 내둘러진다. 그럼에도 이 모든 것을 '사랑'이라는 마법의 보자기로 덮어주고 이해할 수 있을까. 하긴 둘은 어느 누구에게 이해받을 생각 따위 없었을 것이다.

사랑은 소도蘇塗가 아니다. 그럼에도 둘은 사랑을 소도라 믿었던 모양이다. 둘은 사랑으로 건설한 소도에서 들끓는 온갖 비난과 욕설에 무관한 듯 살았다. 그러니 둘이 천생연분이 아니라 말하지 못하겠다. 어쨌든 자식에게 냉정했던 것까지 부창부수였다.

타인의 아픔을 담보로 한 사랑은 견고할 수 없다.
끝없는 외부의 공격과 자신들의 칼날에 쓰러진 이들에 대한
기억이 녹록한 게 아니기 때문이다.

달아오른 사랑에 윤리니 도덕이니 하는 잣대를 들이대는 것이 어이없는 일이긴 해도, 오노 요코와 존 레논처럼 타인의 아픔을 담보로 한 사랑은 견고할 수 없다고 생각한다. 일견 단단해 보이는 사랑의 성도 어느 샌가 틈이 생기고 균열이 생긴다. 끝없는 외부의 공격과 자신들의 칼날에 쓰러진 이들에 대한 기억이 녹록한 게 아니기 때문이다. 사랑의 열정이 쓰나미처럼 둘을 덮쳤다면, 그들이 상처 준 사람에 대한 기억과 주변의 시선

은 손톱 밑의 가시이기 때문이다.

그러나 둘이 만든 세상은 갈수록 단단해졌다. 비록 한차례 폭풍이 몰아쳐 위태로운 시기도 있었지만, 둘은 다시 자신들의 성으로 돌아왔다. 어째서 그런가. 그들의 사랑은 무엇이 달랐을까. 마릴린 먼로와 극작가이자 소설가인 아서 밀러 커플이 답을 알고 있다.

도덕주의자였고, 일 이외에는 별로 즐길 줄 아는 게 없으며 유머도 없고 수줍음이 많은 아서 밀러는 이미 결혼 16년차의 유부남이었고, 서른다섯 살이었다. 오랫동안 무명으로 살았던 그는 〈세일즈맨의 죽음〉으로 평론가들의 환호를 받으며 브로드웨이에서 성공을 하고 막 할리우드에 입성했다. 하지만 할리우드는 그에게 낯설고 혼란스러운 세상이었다. 그런데 화려한 할리우드의 별 마릴린 먼로에게 그의 수줍음은 감탄할 순수함이고 매력이었다. 더구나 가족이 없던 그녀에게 아서 밀러의 전통적인 가족은 또 다른 매력이 되었다. 스물네 살의 먼로에게 그는 한 번도 가진 적이 없는 아버지였고, 가족이었다. 천진한 성적 매력으로 어느 날 스타가 되었으나, 늘 외로웠던 그녀를 아서 밀러와 그의 가족은 따뜻한 유년으로 안내했다.

그러나 둘은 너무 다른 사람들이었다. 사람들은 그 둘의 결합을 '머리'와 '육체'의 결합이라고 말했다. 너무나 달랐던 두 사람은 자신에게 부족한 것을 발견하고 사랑했지만, 결코 오래가지 못했다. 마릴린 먼로의 결핍은 가족에 대한 원천적인 사랑만이 아니었다. 그녀는 철이 들면서 자신의 아름다움이 곧 세상을 헤쳐가는 노가 된다는 걸 알았다. 그래서 자신의 몸을 관리하기 위해서는 먹은 것도 토해낼 정도였지만, 내적 아름다움을 위해서는 아무것도 채우지 않았다. 그녀의 뇌쇄惱殺적인 아름다움은 남자들의 애를 태우기惱는 했으나 그녀는 자신의 뇌腦는 돌보지 않았다. 아무리 뇌쇄적인 아름다움이더라도 뇌살腦殺이 되면 오래 버티지 못한다는 것을 몰랐다.

아서 밀러는 결혼한 지 3주 만에 "그녀에게 느끼는 것이 동정"이라고 일기에 쓸 정도였다. 마릴린 먼로 역시 마찬가지였다. 지적으로 보였던 그의 유머 없고 무뚝뚝한 모습은 어느새 고루하고 지루한 것이 되었을 것이다. 둘은 서로를 이해하지 못했다. 짧은 열정과 동경 뒤에 온 긴 갈등이었다. 사랑의 신기루로 세워진 세계는 너무 일찍 무너졌다. 결국 둘은 5년 남짓한 결혼 생활을 끝낸다.

둘은 서로가 갖지 못한 것에 끌리고 매혹당했으나 함께 태울 연료는 없었다. 막 시작하는 사랑은 사랑의 불로 서로의 온 인생을 따뜻하게 덥힐 수 있을 것처럼 보인다. 그러나 사랑 역시 연료가 필요하다. 사랑은 사랑으로만 탈 수 없다. 사랑이 1, 2년 짜리 시한부 호르몬에 불과하다고 말하는 것은 사랑이라는 불 덩이가 자체 연소되는 시간일지 모른다. 서로 다른 것 혹은 상대방의 결핍까지 사르며 오래도록 탈 수 있는 불은 연료를 계속 제공해줘야 한다는 걸 둘은 애써 외면했다.

막 시작하는 사랑은 사랑의 불로
서로의 온 인생을 따뜻하게 덥힐 수 있을 것처럼 보인다.
그러나 사랑 역시 연료가 필요하다.
사랑은 사랑으로만 탈 수 없다.

그에 비하면 오노 요코는 그 불을 계속 태울 연료가 충분한 여자였다. 바람의 방향을 살피고 세기를 조절하며 불꽃놀이를 할 줄 아는 여자였다. 오노 요코의 사랑은 집착으로 변질될 위험이 높은 것이었다. 집착과 사랑은 한 끗 차이다. 강한 그녀의 에너지 덩어리가 한 방향으로만 흘렀디면 그녀는 〈미저리〉의

애니가 될 수도 있었다. 실제로 오노 요코는 여느 열성팬들처럼 레논의 집 앞에서 죽치고 기다리기, 레논 부부의 차에 뛰어들기, 전화로 추적하기, 엄청난 양의 편지 공세 퍼붓기 등을 서슴없이 하던 여자였다. 이런 오노 요코의 집착이 사랑으로 승화될 수 있었던 건 레논이라는 훌륭한 악기와 그 악기를 연주할 수 있는 그녀의 능력 덕분이었다.

오노 요코는 존 레논이라는 남자를 연주할 줄 알았다. 둘이 결혼하면서 온갖 기행도 마다하지 않았지만, 서로에게 악기가 되고, 연주자가 되었다. 이미 존 레논 자체가 훌륭한 악기이자 연주자였으나 오노 요코로 인해 더욱 풍부해진 것이다. 오노 요코는 존이 더 많은 것을 용감하게 시도하고 더 많이 만들도록 독려했는데, 존은 기꺼이 요코의 요구에 자극받고 매료되었다. 요코 역시 존으로 인해 자극받고 예술가로서 훨씬 더 많은 인정을 받게 된다.

존은 그녀를 스승이며 어머니로 그리고 사랑의 여신으로 받아들였다. 요코를 만나면서 쓴 노래, 〈행복은 따뜻한 총〉에서 존은 요코를 마더 슈페리어Mother Superior, 즉 수녀원장이라 부른다. 또 "……나는 나만큼 지성이 있는 여성을 만나지 못했다. 모두들 인형 같거나 잘난 체하는 계집애들뿐이었다. 난 항상 아티스트 여성을 만나기를 꿈꾸어왔다. 이를 그저 공상으로 여기던 그 순간 오노 요코를 만났다. 요코가 바로 그런 여자였다"라고 서슴없이 말했다. 존의 말대로 오노 요코와는 '사랑의 온도'가 맞았던 것이다.

요코와 함께한 이후 존의 시야는 한층 넓어져서 사랑과 평화를 노래하며 사회 참여에 적극적이 되고, 페미니스트가 된다. 불멸의 명곡 〈이매진〉 역시 오노 요코의 저서 《포도 열매》에서 영감을 얻어 쓴 것이다. 이 외에도 둘은 함께 실험적 음악을 만들기도 하고 온갖 해프닝으로 세계의 시선을 사로잡으며 예술적 에너지를 충전했다.

결국 둘은 사랑으로 소도를 만들었다고 인정할 수밖에 없다.

그럼에도 궁금한 점이 있다. 그들이 했던 사랑, 그 사랑의 소도에선 둘이 휘두른 칼에 맞고 흘리는 피는 보이지 않았을까. 정말 사랑은 소도 밖에서 흘리는 피 냄새조차 무시할 만큼 절박하고 처연한가. 사랑은 소도가 필요 없어야 진정 아름답다는 생각은 여전히 버릴 수 없다.

정박하지 못한
호화 유람선

아리스토텔레스 오나시스 vs 임마누엘 칸트

사랑에 대한 편견이 사랑을 막는다

아리스토텔레스 소크라테스 오나시스Aristotle Socrates Onassis (1906~1975)

국제적인 사업가로 일명 그리스의 선박왕으로 불렸다. 1931년 해운업에 처음 손을 대 중고 선박을 헐값에 사들여 비싸게 파는 방법으로 돈을 벌었다. 제이 차 세계 대전 중 미국 정부의 비호와 전쟁 특수로 재산을 더욱 불려갔다. 1946년 그리스 선박업주의 딸과 결혼하여 1960년 이혼한 후, 소프라노 마리아 칼라스와 깊은 관계를 유지했으나, 케네디 대통령의 미망인 재클린과 1968년 재혼했다.

임마누엘 칸트Immanuel Kant (1724~1804)

독일의 철학자로 서유럽 근세철학의 전통을 집대성하고, 전통적 형이상학을 비판하며 비판철학을 탄생시켰다. 가난과 무명을 견딘 끝에 걸작 《순수이성비판》을 끝냈을 때 그의 나이는 57세였다. 평생 독신으로 살며 모든 일에 시간을 정해 규칙적으로 생활했는데, 그가 회색 코트를 입고 지팡이를 들고 '철학자의 길'로 불리는 보리수나무가 있는 작은 길을 걸어가면, 이웃들은 정확히 3시 30분임을 알았다고 한다.

　　십여 년 전, 한 지인이 재미있는 이야기를 해주었다. 세상에서 위대한 일을 한 사람이 죽으면 신은 그 사람에게 편안한 휴식을 준다. 그 휴식은 다시 이 세상에 태어나 촌부로 단란한 가정을 이루고 조용히 살다 가는 것이다. 처음 이 이야기를 들으면서도 동감했지만, 살면서도 문득문득 이 이야기가 생각나 고개를 끄덕인다. '촌부＝욕심없이 소박한, 단란한 그리고 조용한＝큰 풍파 없이 결혼해 가정을 꾸림.' 이 공식에 의하면 선박왕이라는 별명을 가진 오나시스는 신에게 어떤 심판을 받은 것일까. 또 임마누엘 칸트는 전생에 무슨 죄를 지었을까.

　　뱃구레와 욕망은 무척이나 닮았다. 늘리자고 하면 한없이 늘어나는데, 절제력을 가지고 줄이면 또 한없이 줄어든다. 재벌가의 재산과 수도승의 걸망만큼, 그리고 오나시스를 비롯한 세기의 여색가들이 만난 여자들과 칸트의 연애 경험만큼 차이가 난다. 그러니 욕망이야말로 가장 신축성이 좋은 자루다.

사랑이 욕망과 각별할 수 있나?

결론적으로 말하면 아니다. 그러나 가장 가까운 것은 사실이다.

둘은 자주 혼동되기 때문이다.

오나시스의 뱃구레는 선박왕에 걸맞게 참으로 컸다. 그런데 욕망에겐 각별한 친구가 있다. 돈과 사랑이다. 돈이야 그렇다 쳐도 사랑이 욕망과 각별할 수 있나? 결론적으로 말하면 아니다. 그러나 가장 가까운 것은 사실이다. 둘은 자주 혼동되기 때문이다. 그리스인 아리스토텔레스 오나시스는 돈의 가치를 매우 잘 알았다.

배운 것도 없는 열일곱의 오나시스가 할 수 있는 일이란 뻔했다. 식당 주방에서 설거지하기를 시작으로 세탁소, 목공소 등을 전전했다. 그런 일 중 하나가 전화국 전기기사 조수였다. 그곳에서 그는 밤마다 남들의 전화 내용을 몰래 엿듣는다. 그러던 어느 날 아르헨티나의 냉동포장공장의 주식이 대폭 상승한다는 정보를 얻게 된다. 그 다음 날 오나시스는 아는 금융업자를 찾아가 2,500개의 주식을 사고팔 것을 강력히 주장해, 불과 48시간 만에 세 배의 이득을 얻는다. 이 거래로 오나시스는 7,000불을 손에 쥔다. 그는 이 돈으로 아버지가 원래 하던 사업인 타바코를 수입한다. 이 사업은 성공했고 오나시스는 새로운 영역으로 확대를 꾀한다. 바로 선박이다.

선박 사업이 처음부터 잘된 것은 아니지만, 돈이 그를 따른 건 분명하다. 제이 차 세계 대전이 일어나자 그리스 정부는 동맹군과 연합군 사이에서 애매한 입장을 취하여 중립을 표방한다. 그러나 오나시스는 연합국을 적극적으로 도와준다. 제이 차 세계 대전이 연합군의 승리로 끝나자 그의 그동안의 손해는 충분히 보상을 받는다. 승전국인 미국과 영국이 모든 해상 수송에 그의 선박을 이용한 것이다.

그리고 그는 마흔 살에 첫 번째 결혼을 한다. 그리스 최대 갑부인 리바도스의 딸이 부인이 되었다. 그곳에서 그는 아들 알렉산더와 딸 크리스티나를 얻었다. 그러나 결혼 생활은 평탄치 않았다. 오나시스의 욕망이 돈에만 있는 게 아니었기 때문이다. 그는 돈을 긁어모으듯 여자도 긁어모았다. 돈은 오나시스를 좋아해서 그의 과시욕을 채워주었으나, 여자들은 그렇지 않았다. 돈에는 눈이 없으니 오나시스 맘대로 이리도 가고, 저리도 가지만, 여자는 그게 아니었다. 돈과 달리 여자들은 제 발로 왔다가 실망하고 수없이 떠났다.

오나시스 역시 여자를 돈처럼 소비했다. 소비된 여자 중에 유명한 성악가 마리아 칼라스도 있었다.

물론 마리아 칼라스는 일회용으로 소비된다는 생각을 못했다. 오나시스와 진정 사랑한다고 믿고 이혼까지 했다. 그러나 오나시스는 새로운 욕망에 눈을 돌려버렸다.

오나시스는 품위 있는 사람이 아니었다. 배움도 짧았고, 생각도 우아하지 못했다. 사교계도 돈만 빼면 드나들 처지가 아니었다. 그래서 그는 유난히 유명한 예술가나 우아한 여자들을 선호했다. 우아한 여자 중 하나가 바로 케네디의 미망인 재클린이었다. 다른 여자들과 달리 소모품은 아니었다. 오나시스가 미국 정계로 나가기 위한 투자였다. 덕분에 마리아 칼라스가 무참하게 버림을 받았다. 오나시스는 자신의 아이를 가진 그녀에게 유산을 강요하기까지 했다.

그러나 오나시스는 자신의 선택이 잘못되었다는 것을 곧 깨달았다. 재클린은 소모품도 아니었지만, 오나시스가 미국 정계로 나아갈 때 달 수 있는 배지도 못 됐다. 오히려 이번엔 오나시스가 재클린의 소모품이 되고 말았다. 재클린은 오나시스의 돈을 마음껏 썼다. 혼전 계약서를 보면 온통 돈 이야기다. 케네디와 낳은 아이들 양육비는 물론, 결혼과 동시에 300만 달러를 선

불로 챙기기까지 했다. 그녀는 오나시스의 돈과 케네디의 두 아들을 단단히 잡았다. 물론 케네디가와의 관계도 마찬가지였다.

그런데 오나시스의 미국 정계 진출은 생각처럼 쉽지 않았다. 그 와중에 그의 아들이 헬기 사고로 요절하고 만다. 결국 오나시스는 이혼을 준비하지만 이혼보다 죽음이 먼저 왔다. 그는 마리아 칼라스가 선물로 준 붉은 담요를 손에 쥐고 눈을 감는다.

사랑만큼 쉬운 게 없는데도
사랑을 너무 어렵게 만드는 사람들이 간간이 있다.

반면 여러 면에서 오나시스와 정반대의 삶을 산 사람도 있다.

칸트는 평생 여자와 사랑을 나누지 못한 사람이다. 그는 젊은 시절 딱 두 번 결혼에 대해 고민해보긴 했다. 그러나 결혼에 대한 철학적 고민을 너무 오래 하는 바람에 여자들이 떠나버렸다. 편지를 쓰며 그에게 적극적으로 구애를 한 여자도 있었지만, 칸트를 움직이진 못했다.

칸트는 쉰 살이 될 때까지 호텔에 살면서 매일 같은 식당에서 밥을 먹고, 매일 같은 시간에 일어나서, 하루에 두 번 같은 시간에 산책을 하고, 같은 시간에 잠자리에 들었다. 이토록 정확한 남자가 가장 정확하지 못한 정보를 가지고 있었는데, 그게 결혼과 여자에 대한 것이었다. 그는 "행복한 결혼 생활을 보내려면 두 사람은 하나의 의지만을 가져야 하는데, 그것은 곧 아내의 의지다. 그것이 옳지 않은 것이고 서로 간에 의견 차이가 있더라도, 남편이 아내를 따라가는 수밖에 없다", "여자들은 냉담하고 힘센 남자를 좋아한다. 그러므로 영민한 두뇌와 학식으로 여자의 호의를 얻으려는 남자는 비웃음을 사게 된다. 가진 돈도 없이 겁 없이 덤벼드는 남자 역시, 아무리 갖은 매너로 여자들을 떠받든다 해도 결국 배신을 당하고 만다"라고 했다. 그는 사랑에 빠지는 것을 '비이성적으로 생각하게 만들어 위험한 맹목으로 이끌 수 있는 심란하고, 우매한 행동'이라고 말했다

결국 매우 현학적인 이름을 가진 아리스토텔레스 소크라테스 오나시스나 거룩한 이름을 가진 임마누엘 칸트는 여자에 대한 편견 때문에 평생 사랑을 하지 못한 사람들이다. 오나시스는 여자를 백화점에 진열된 상품으로 알았고, 칸트는 여자를 책임지고 싶지 않은 형이하학으로 받아들였다.

세계적으로 유명한 이 두 남자, 어느 한 접점도 찾을 수 없는

이 두 남자가 아주 작은 그러나 매우 중요한 지점에서 만나는데, 둘 다 사랑에 대해 무지했다는 점이다. 한 남자는 걸신들린 뱃구레에 여자와 섹스만 채워넣을 줄 알았지 사랑을 몰랐다. 그래서 그는 돈과 여자만 세느라고 가장 따스한 사랑을 놓치고 떠돈 부랑자였다. 또 한 남자는 형이상학과 사랑에 빠져서 자신의 뱃구레에 공기만 차 있다는 사실을 잊었다. 위대한 철학자였으나 삶의 가장 근본인 사랑을 몰랐던 어린아이였다. 둘 다 호화로운 명성을 얻었으나 속 빈 강정이었다.

사랑만큼 쉬운 게 없는데도 사랑을 너무 어렵게 만드는 사람들이 간간이 있다.

사랑은
그릇이다

조반니 카사노바 VS 샤를 보들레르

육체와 정신이 조화로워야 사랑이다

조반니 자코모 카사노바Giovanni Giacomo Casanova (1725~1798)

이탈리아 베네치아에서 배우의 아들로 태어나 파도바 대학에서 민법과 교회법으로 박사학위를 받았다. 사기꾼, 도박가, 호색가, 난봉꾼의 대명사로 알려진 그는 유럽 전역을 여행하며 18세기 문화를 체험했다. 자서전이자 회고록인 그의 저서 《내 생애의 역사》는 18세기 유럽 사회생활의 관습과 규범에 대한 가장 신뢰할 만한 자료 중 하나다.

샤를 피에르 보들레르Charles-Pierre Baudelaire (1821~1867)

낭만파·고답파에서 벗어나, 인간 심리의 심층을 탐구하고 고도의 비평 정신을 추상적 관능과 음악성 넘치는 시에 결부시켜 현대 시의 시조라 불리는 시인이다. 대표작으로는 1857년에 발표한 《악의 꽃》이 있는데, 시집이 발간되자마자 미풍양속을 해친다는 이유로 기소되어 유죄 판결에 여섯 편 삭제를 선고받을 만큼 격렬한 갈채와 비난을 동시에 받으며 명성을 얻었다.

세상은 참 재미있는 일로 가득하다. 영생을 갈구하며, 불로초를 찾아 헤맸던 진시황은 나이 쉰을 넘기지 못하고 죽었다. 진시황의 수명만큼이나 우리들 턱을 '툭'하고 떨어뜨리는 것이 또 하나 있으니, 카사노바의 정력이 그것이다.

바람둥이의 대명사로 알려진 카사노바는 부모의 원대로 성직자가 되기 위해 신학교에 들어가 하위 성직자 서품을 받았다. 그러나 결국 쫓겨나 정 반대의 세상에서 그 이름을 높였다. 그는 유럽 전역에서 자칭 '여성들만을 위한 선행자'였다. 그 선행 덕분에 한 곳에 오래 머물 수 없었다. 추문과 그에 따른 결투 신청은 그를 유럽 전역으로 떠돌게 만들었다. 하녀에서 성직자에 이르기까지 널리 자신만의 박애정신을 살리는 데 온 힘을 쏟은 결과 자식들도 많았다. 물론 그 많은 자식을 그가 돌본 건 아니다.

그러나 지나친 선행은 곳긴을 일찍 고갈시키고 말았다. 그는 나이 마흔에 더 이상 선행을 베풀 수 없었다. 어떤 선행도 펼칠 수 없는 이 우울한 남자가 할 수 있는 일이란 단 두 가지였다. 포크와 나이프를 열심히 놀리는 것, 그리고 펜대를 굴려 지난 일을 회상하는 것. 포크와 나이프는 슬픈 육체에 즐거움을 선사했지만, 펜은 안타까움과 그리움만 주었다.

그래도 펜대에서 살아나는 추체험이 꽤나 위로가 되었는지, 그는 자신의 선행을 꼼꼼하고 자상하게 세상에 알렸다. 그 결과 카사노바의 회상록《내 생애의 역사》12권은 18세기 유럽의 풍속과 문화를 연구하는 데 귀중한 자료가 된다.

사랑은 육체와 정신의 절묘한 조화다.
사랑에서 정신은 육체를 위해 한쪽을 비워주어야 하고,
정신 또한 육체를 위해 한쪽을 비워두어야 한다.

어쨌든 자신이 한 선행을 '왼손이 한 일을 오른손이 모르게' 하고 싶지 않았던 덕분에 그의 이름은 유명해졌고, 고유 명사를 넘어 메타포로 우뚝 서기까지 했다.

보들레르는 카사노바에 비하면 좀 더 우울하다. 프랑스의 작가이며 문화 비평가인 그는 강제로 파리를 떠나야 했다. 하류층 여자들과 노는 일에 너무 열심이었던 그를 가문 사람들이 더 이상 두고 보지 않았기 때문이다. 그러나 집에서 새는 바가지가 밖에서도 새듯이, 시골의 점잖은 집에 보내져서도 그는 여전히 자신의 즐거움을 포기하지 않았다. 결국 그는 다시 파리로 돌아왔다. 그리고 운명의 여자를 만난다.

잔느 뒤발Jeanne Duval. 흑인과 백인 혼혈인이었던 그녀는 굉장한 미모의 소유자였을 뿐만 아니라, 어떤 여자도 흉내 낼 수 없는 잠자리 기술로 보들레르를 사로잡았다. 하지만 그녀는 수시로 이름을 바꾸어야 할 정도로 사기 치는 일에 열을 올리고, 빚쟁이에게 쫓기는 여자였다. 보들레르는 "악랄한 거짓말쟁이에, 방탕하고 사치스러우며, 술고래에 너무나 무식하고 멍청하다"고 하면서도 이 여자에게서 쉽게 벗어나지 못했다.

어쨌든 이 둘은 서로를 탐하면서도 다른 파트너를 찾는 일을 결코 포기하지 않았다. 이 뻔뻔한 여자는 매독으로 반신불수가 된 몸으로도 빈털터리가 된 보들레르에게 매달려 그의 부모 집까지 따라갔다. 그런데 거기서도 또 다른 남자와 바람을 피웠으니, 천하의 바람둥이 보들레르가 노류장화에 된통 걸린 셈이었다.

　부모에게 얹혀살던 보들레르는 이미 여든 노인처럼 늙었고, 반신불수에 의사소통도 거의 할 수 없는 지경에 이르러 생을 마감했다. 그때 그의 나이 마흔여섯이었다. 그는 자신이 노래했던 권태, 우울, 악마, 탕아, 갈보, 악몽, 미궁, 저주, 살육, 죽음 속으로 자신의 인생을 밀어 넣었다.

가득 찬 그릇에 더 넣으려 하면
역지로 구겨 처넣다가 결국 바닥으로 떨어뜨린다.
사랑 역시 채워져 있는데 넣으려 하면
이미 존재하는 것을 구기거나 상처를 주거나 버려야 한다.

　사랑은 육체와 정신의 절묘한 조화다. 사랑에서 정신은 육체를 위해 한쪽을 비워주어야 하고, 정신 또한 육체를 위해 한쪽을 비워두어야 한다. 한쪽을 위해 다른 한쪽을 비워두는 것은 자연스러워야 한다. 물론 그 균형점은 사람마다 조금씩의 차이가 있다. 하지만 한쪽만으로 이루어진 것은 '섹스머신'이거나

'관념'이다.

三十輻 共一轂 當其無 有車之用. 埴以爲器 當其無 有器之用 鑿戶牖 以爲室 當其無 有室之用. 故有之以爲利 無之以爲用.

서른 개의 수레바퀴 살이 한 개의 수레바퀴 통에 모이는데, 속이 비어 있으므로 수레에 쓸모가 있게 된다. 흙을 빚어서 그릇을 만드는데 속이 비어 있으므로 그릇으로 사용할 수 있는 것이다. 창문을 뚫어서 방을 만들었을 때 속이 비어 있으므로 방이 되는 것이다. 그러므로 그것이 있음은 이롭게 만들고 없음으로써 유용하게 된다.

노자의 도덕경에 나오는 말이다. 비움의 미학, 무無, 허무의 역설이다. 좀 더 나아가 현상계와 정신세계, 무형의 효용에 대한 이야기이다. 이것을 육체적 사랑과 정신적인 사랑으로 대체해본다. 진흙으로 그릇을 빚으면서 안쪽을 비워야 그릇이 된다. 흙으로 빚은 외형이 육체고, 그 안의 공간이 마음이다. 육체적인 틀과 정신적인 빈 공간이 조화로워야 진정한 에로스다.

그릇이 사람마다 다른 것은 당연하다. 어떤 그릇은 두께도 두껍고 그 안의 공간도 큰가하면, 또 어떤 것은 두께만 두껍고 안의 공간은 협소한 것도 있을 것이다. 반대로 얇기가 종잇장 같아서 늘 조심해서 다루어야 하지만 그 안의 공간이 넉넉해서 좋은 것도 있고, 그 안의 공간마저 작아서 간장 종지로 써야 할 것도 있다. 모양도 평범한 것에서부터 파격적인 형태까지 다양하다. 그래도 크든 작든 안의 빈 공간이 있기에 그릇이다. 그러나 카사노바나 보들레르는 겉보기엔 화려한 도자기이나 속까지 진흙으로 가득 찼으므로 그릇 모양의 진흙덩어리다. 사랑 모양의 육체적 욕망일 뿐이다.

마찬가지로 처음엔 빈 공간이 있는 그릇이었으나 그 안에 물건을 담은 그릇도 있다. 가득 찬 그릇에 더 넣으려 하면 억지로 구겨 처넣다가 결국 바닥으로 떨어뜨린다. 사랑 역시 채워져 있는데 넣으려 하면 이미 존재하는 것을 구기거나 상처를 주거나 버려야 한다. 그런데 구김을 주는 것 역시 구겨지고, 상처를 주는 것 역시 상처를 받지 않고는 그 그릇에 담길 수 없다. 때로 그릇이 깨지기도 한다. 카사노바나 보들레르처럼.

그리고 무엇보다 카사노바나 보들레르가 한 것이 사랑이 아닌 이유는, 이들이 해소하고 다닌 욕망 덩어리가 무기체와 흡사하기 때문이다. 이 둘은 자신의 화려한 도자기에 무엇을 담을 수 없었기에 일회용 컵만 사용했다. 일회용은 하루살이도 있는 삶의 주기도 갖지 못한 채 사용 후 곧 버려졌다.

사랑은 유기체다. 살아 꿈틀거리는 생명체다. 그래서 한순간에 불덩어리로 피었다가 따스한 아랫목이 되기도 하며, 어느 순간 식어 목덜미를 진저리치게 하는가 하면, 뜨뜻미지근한 연민이 되기도 한다. 살아 있는 모든 것은 변한다. 생로병사의 단계에서 자유로운 것은 생명체가 아니다.

아주 가끔 사랑을 영원무궁한 무기체로 인식하여 회의하고 탄식하는 사람도 있지만, 그건 자신이 생명체를 관리하지 못한 변명이거나 무기체로 오해한 때문이다. 추억이 현재보다 아름다운 이유도 아름다운 순간에 박제된 무기체이기 때문이다.

생명체들은 보살피고 관리해야 생명을 유지한다. 사랑의 그릇 역시 그 두께와 크기가 변하면서, 안에 담긴 내용물도 조금씩 변한다. 그러니 끊임없이 관리해야 깨지거나 금이 가지 않고, 그 안에 무언가를 담을 수 있다.

느긋하게
정들어가기

장 가뱅 VS 마를렌 디트리히

불안한 열정은 사랑을 아프게 한다

장 가뱅Jean Gabin (1904~1976)

1951년 베니스 국제 영화제에서 최우수남우상을 받은 유성영화 1세대를 대표하는 배우다. 100편이 넘는 영화에 출연하는 동안 기나긴 연기 인생에서 그는 변해갔지만 시종일관 프랑스 남성상의 이상들을 구체화했으며, 그만큼 프랑스 국민들에게 위대한 인물로 남게 되었다. 대표작으로는 〈망향〉〈위대한 환상〉〈밧줄들〉〈안개 낀 부두〉〈레미제라블〉 등이 있다.

마를렌 디트리히Marlene Dietrich (1901~1992)

조셉 폰 스턴버그에게 발탁되어 〈블루 엔젤〉이라는 영화로 주목을 받았다. 이후 〈모로코〉로 일약 스타덤에 올랐으며, 신비스러우며 퇴폐적인 눈동자, 허스키한 목소리, 당대 최고의 몸매로 3,40년대의 섹스 심벌로 각광받았다. 그러나 무대 뒤 삶은 파란만장했고, 배우로서 전성기를 누리고 있을 때에도 술과 마약을 끊지 못했다. 장 가뱅을 비롯해 프랑크 시나트라와 존 웨인 등 인기 배우들과 염문을 뿌렸다.

오죽하면 자존심 센 여배우 그레타 가르보가 쓰레기통에 올라갔겠는가. 그녀가 쓰레기통에 올라가 장 가뱅의 집을 엿본 것은 바로 당대의 섹스 심벌 마를렌 디트리히가 그를 최고의 남자라고 떠들고 다녔기 때문이다. 그녀가 누구인가? 영화 〈블루 엔젤〉에서 최고의 각선미와 신비한 허스키 목소리로 팜므파탈 역을 맡아 영화사의 전설이 됐고, 영화뿐만 아니라 개인사에서도 십대 때부터 죽을 때까지 남녀노소를 가리지 않고 탐욕을 과시한 여인 아닌가. 그런 그녀가 장 가뱅을 최고의 남자로 지목한 것이다.

사실 장 가뱅의 연애는, 좀 더 노골적으로 말하면 연애 행각은 매우 유명했다. 물론 장 가뱅과 한창 열을 올리고 있던 마를렌 디트리히의 연애사, 정확하게 탐욕사는 분명 그보다 몇 수 위였다. 그러니 도대체 이 남녀가 무슨 짓을 하는가, 궁금했을 것이다.

장 가뱅과 마를렌이 만난 것은 미국에서였다. 마를렌은 독일에서 장 가뱅은 프랑스에서 각기 나치를 피해 할리우드로 건너갔다.

장 가뱅은 그녀와 사랑에 빠지기 전에 몇 번 결혼을 했고, 결혼 생활 중이나 혹은 결혼과 또 다른 결혼 사이에도 끊임없이 여자와 염문을 뿌리고 다녔다. 스타였던 그는 손만 뻗으면 많은 여자들을 만날 수 있었다. 숱한 연애를 하면서 상처를 받기도 했고, 상처를 주기도 했다. 돈 욕심이 많았던 배우 도리언과 이혼할 때는 재산 분할 때문에 재판까지 해야 했다.

아무리 신사적인 행동과 선물 공세로 연인의 마음을 샀더라도, 숱한 연애는 결국 염문과 고통을 동반하기 마련이다. 그럼에도 그 순간만 넘기면 또다시 연애에 대한 환상에 빠지는 게 바로 떠돌이 연애꾼들의 비애이며 희망이다.

장 가뱅은 유부녀 마를렌 디트리히에게 청혼을 한다. 하지만 마를렌은 남편과 헤어질 마음이 없었다. 어차피 법적인 남편도 그녀의 애정 행각에 지쳐 그저 우정 관계를 유지할 뿐이었으므로, 새삼 법적인 남편을 다시 만들 필요가 없었던 것이다.

연애와 결혼, 파경과 이혼으로 그토록 많은 일들을 겪고도 다시 청혼하다니, 더구나 세상이 다 아는 바람둥이 여자에게. 장 가뱅에게 결혼은 사랑의 종점이라는 뿌리 깊은 전통 의식이 남아 있었던 게 틀림없다. 결국 장 가뱅은 연애만 하고, 결혼을 하지 않는 마를렌과의 불안정한 관계를 청산한다. 그리고 그는 또다시 사랑에 빠진다. 이번엔 유부녀도 아니었고, 배우도 아닌 마네킹 걸이었다. 아들 하나를 두고 있는 미혼모 도미니크 푸르니에Dominique Fournier. 그녀는 마네킹 걸답게 키가 크고 아름다운 여자였다. 이 여자에게 최고의 스타 장 가뱅은 두 달 동안 매일 장미 꽃다발을 보냈다. 잘생긴 얼굴에 중후한 목소리 그리고 신비한 푸른 눈의 이 남자, 장 가뱅은 결국 그녀가 구애의 손을 잡을 거란 걸 알았을 것이다. 심지어 그냥 말 한마디 건네지 않고 눈빛만으로도 여자를 사로잡을 수 있다고 자신했을 것이다.

그러나 장 가뱅은 매번 그랬듯이 이 새로운 사랑 앞에서도 진지했다. 이것은 진정한 연애 고수들의 일반적인 방법론이기도 하다. 언제나 그 순간은 진지하고 진실히기. 장난으로 상대방을 혼란스럽게 하거나 마치 화난 사람처럼 굴어 쩔쩔매게 만들더라도, 결정적인 순간만큼은 진지하게 접근한다. 헤어질 때에야 천차만별이지만, 시작할 때는 순간일지라도 진심이다.

그런데 장 가뱅은 단순한 연애 고수와는 또 달랐다. 그는 자주 평범한 가정을 꿈꾸었고, 그래서 여러 번 시도했으나 실패했다. 연애만을 원하는 고수들은 평생 한두 번 이런 꿈을 꿀까 말까. 당연한 결과지만 대스타로부터 매일 꽃다발을 받은 마네킹 걸 도미니크는 그의 청혼을 받아들였다. 장 가뱅은 원하던 단란한 가정을 꾸렸다. 소원대로 도미니크와의 사이에 딸도 하나 낳았다.

그런 와중에 마를렌 디트리히는 호시탐탐 장 가뱅을 유혹했다. 하지만 그는 마를렌을 거들떠보지도 않았을 뿐만 아니라, 엉뚱하게 소를 키우기 시작한다. 이유는 간단했다. 더 이상 멜로 영화를 찍지 않겠다고 결심했기 때문이다. 그는 멜로물 외에 배역이 들어오지 않으면, 소 키우는 일을 생업으로 삼을 작정이었다. 그간 자신의 연애 행각 대부분이 멜로 영화 때문에 발생한 사건이라고 여긴 모양이다. 상대 배우 때문이든 혹은 그런 감정에 몰입하면서 생긴 일이든. 장 가뱅은 거듭되는 연애와 결혼 실패에 대해, 영화배우 장 가뱅과 평범한 인간 장 가뱅 사이의 삶을 조율하지 못했다고 판단한 것 같다. 어쨌든 그가 더 이상 멜로 영화를 찍지 않겠다는 것은 더 이상 흔들리지 않겠다는 뜻이었다. 평범한 사람들처럼 한 여자와 느긋하게 정들며 사는 일을 간절히 바란 것이다.

배가 나오기 시작하고 턱 선이 무뎌지고
피부에서 윤기가 가시는 것을 함께 겪으며 사는 일,
새물내 나는 옷이 내 몸에 자연스럽게 맞춰지듯
사람 역시 그렇게 되어가는 그 과정들은 소중하다.

사십대나 오십대의 사람들에게 다시 이십대로 돌아가면 어떻겠냐고 물어보라. 모두 냉큼 좋아하는 건 아니다. 어째서 그런가. 불안 때문이다. 분명 이십대는 빛나는 청춘이지만, 그 빛의 밑바닥엔 불안이 있다. 빛나는 삶 너머에서 알 수 없는 미래가 저벅거리며 나를 향해 온다. 불투명하고, 멈추지 않으며, 체감상 가속이 붙어 달려오는 미래는 위협적이다. 그믐밤, 저벅거리며 따라오는 외진 길에서의 발자국 소리 같다.

그나마 직업 혹은 직장에 대한 불안은 오래지 않아 가시고, 밝은 불빛이 있는 집으로 우리를 안내한다. 그 집이 크거나 작거나, 호화롭거나 누추하거나 하는 것은 차후의 문제다. 어쨌든 내 집이다. 그러나 사랑은 쉽게 결정되지 않을 때가 많다. 설령 쉽게 왔다 싶으면 그건 손에 쥔 모래처럼 사라져버린다. 이십대의 사랑은 손에 쥔 모래다. 운이 없으면 물이 되는 경우도 있다. 더 운이 없으면 사막의 신기루인 경우도 있다. 손 안의 모래와 물은 속성상 불안이다. 따라서 일본식 정원으로 정갈한 무늬를 냈더라도 손에 쥐자면 다시 불안해진다. 행여 곱게 물들여 모래시계에 가두면 금방 지루해진다.

매번 화려한 연인과 사랑하고, 언제든 헤어졌다 다시 그럴듯한 연애를 하는 사람은 겉보기에 멋져 보이지만, 정착하지 못한 불안은 어쩔 수 없다. 불안은 불안을 낳아서 진득하게 있으면 조바심이 난다. 그래서 평생 이 화려한 불안의 궤도를 벗어나지 못하는 사람도 있다. 한때 장 가뱅과 열을 냈던 마를렌 디트리히가 그랬다. 그녀는 죽을 때까지 탐욕의 바퀴를 벗어나지 않았으며, 알코올 중독의 폐인으로 1992년 아흔두 살에 삶의 종착역에 도달했다. 그녀가 탐욕의 바퀴에서 내리지 않은 것을 요즘엔 섹스 중독이란 질병으로 분류한다.

반면 장 가뱅은 그 불안의 의미를 알았던 것 같다. 반복된 실패에도 거듭 단란한 가정을 꿈꾼 것으로 짐작해보니 그렇다. 그런데 한번 속도가 붙어 돌기 시작한 탐욕의 바퀴에서 내려오는 일은 생각보다 쉽지 않을 것이다. 장 가뱅 역시 겨우 마흔 중반에야 그 궤도에서 내려오지 않았던가.

느긋하게 정들어가며 사는 일은 시간의 숲을 산책하는 일이다. 그 숲은 살아 있는 유기체여서 늘 변하고 꿈틀거린다. 한때 상대의 자상함이 좀생이로 변질되고, 터프한 매력이 독선으로 변질되기도 하지만, 좀생이의 바탕엔 자상함이, 독선의 바탕엔 터프한 매력이 있다는 걸 잊지 않는다. 또 배가 나오기 시작하고 턱 선이 무뎌지고 피부에서 윤기가 가시는 것을 함께 겪으며 사는 일, 새물내 나는 옷이 내 몸에 자연스럽게 맞춰지듯 사람 역시 그렇게 되어가는 그 과정들은 소중하다. 사람이나 물건이나 느긋하게 정들어가는 일은 돈을 주고 살 수 없는 일이다. 돈과 권력과 미모와 젊음으로도 메워지지 않는 함께 공유한 모든 시간이다. 조금 늦었지만 장 가뱅 역시 사랑하는 이와 느긋하게 정들어가며 사는 삶을 찾았다.

우물쭈물하다 이럴 줄 알았지

버나드 쇼

한마디로 정의하기 어려운 것, 그것이 사랑이다

조지 버나드 쇼George Bernard Shaw (1856~1950)

노벨 문학상과 아카데미 각본상을 수상한 작가이자 당시 영국에서 가장 대중적인 음악 평론가이며, 뛰어난 극비평가였다. 초등학교 졸업 후 독학으로 공부를 했음에도 풍자와 기지로 가득 찬 신랄한 작품으로 문학과 연극계에 새로운 바람을 일으켰다. 1892년 첫 상연된 그의 작품 〈홀아비의 집〉은 영국 극단에서 최초의 문제작이었으며, 이후 1893년 매춘부 주인공이 여성의 입장을 대변한 〈워렌 부인의 직업〉으로 극작가로서의 지위를 인정받고, 〈인간과 초인〉으로 세계적인 극작가 반열에 올랐다.

우물쭈물해도 기어이 오는 게 죽음이다. 그리고 또 하나, 누구에게나 한 번쯤 찾아오는 게 사랑 아닐까.

"우물쭈물하다 내 이럴 줄 알았다I knew if I stayed around long enough, something like this would happen"라고 묘비명을 쓴 버나드 쇼에게도 사랑은 왔을 터이다. 그러나 그의 사랑은 좀 달랐다. 그는 동시대인 처칠과 함께 일화와 명언을 많이 남긴 사람이다. 인터넷도 없던 시절에 수많은 일화와 명언이 남겨질 정도로 그는 유명 인사였다. 그럼에도 그의 사랑에 대해선 잠잠하다. 다만 그가 몇 명의 여성과 나눈 수만 통의 편지와 에피소드, 특히 이사도라 덩컨과의 일화만 소문처럼 떠돌 뿐이다.

덩컨이 "당신의 머리와 내 외모를 가진 아이가 태어난다면 굉장하지 않을까요?"라고 편지를 보냈더니, 쇼는 "반대로 내 육체와 당신의 머리를 가진 아이가 태어난다면 얼마나 끔찍할지 생각해보십시오"라고 답장을 썼다는 그 일화 말이다. 그리고 그가 남긴 결혼에 대한 몇 가지 명언이 있다.

"금요일에 결혼한 사람은 불행해진다는 말이 있는데 그걸 믿으십니까?"라고 한 신문기자가 묻자 그는 이렇게 대답했다. "물론 믿지요. 금요일만 예외일 수는 없으니까요."

"가능한 한 일찍 결혼하는 것은 여자의 비즈니스이고, 가능한 한 늦게까지 결혼하지 않고 지내는 것은 남자의 비즈니스이다."

그는 "결혼이란 인간이 만든 가장 방종한 제도"라면서 마흔두 살이 되어서야 결혼했다. 그리고 그의 결혼 생활에 대해서도 세상에 알려진 건 많지 않다. 아니, 이야기할 거리가 없다. 그의 생각대로 불행하기라도 했다면 입방아에 오르내렸을 텐데 말이다.

버나드 쇼는 아흔네 살로 죽을 때까지 쾌활한 기지를 발휘하여 세인의 관심을 끈 사람이다. 그의 상징과도 같은 무성한 턱수염과 멋진 지팡이는 작품만큼이나 전 세계적으로 유명했다. 비록 그가 건방지고 불손하며 깡마르고 게다가 잘생기지 못했을지라도 그의 유머와 재치는 뭇 여성들의 사랑을 받을 만했고, 갖가지 스캔들이 터질 만한 조건이었다. 버나드 쇼의 재치와 기지는 사랑을 향해 활짝 열린 문이었을 테니까. 그러나 그 열린 문으로 들어온 사랑의 흔적은 너무 미약하다. 다양한 저술 활동과 비평 활동은 물론 정치 참여 등으로 왕성한 활동을 했음에도 유독 사랑에 대한 풍문이 미약했던 데는 나름대로 이유가 있다.

너무 순수한 사랑은 갈등에 취약했는지 모른다.
현실적인 접촉에선 환상이 자라기 어렵듯이
너무 순수한 것들은 아주 작은 오점에도 취약한 법이다.

세계 유명인들의 떠들썩한 사랑과 스캔들이란 거의 대부분 섹스와 관련되어 있다. 그러나 버나드 쇼는 섹스에는 지나칠 정도로 관심이 없었다. 마흔둘의 나이에 부유한 상속녀 샬럿 페인 타운센드Charlotte Payne Townsend와 결혼했으나 금욕적으로 살았다. 물론 부부의 침실 문제니 어느 정도인지는 알 수 없지만 '지나치게 금욕적'이었다는 게 정설이다. 그나마 그 결혼마저 과로가 아니었다면 하지 않았을지도 모른다.

그는 한때 과로로 쓰러져 모든 일을 그만두어야 했다. 그러다 건강이 회복되면서 개인 간호사였던 아일랜드 출신의 샬럿과 결혼을 결심한 것이다. 하지만 이 결혼 역시 샬럿을 사랑해서 했다고 말하기에는 흔쾌하지 않다. 여배우 엘런 테리에게 자신의 결혼에 대해 자문을 구한 편지에는 이런 내용이 나온다.

"아일랜드의 백만장자와 결혼하는 것이 옳을까요…… 만약 내가 그녀를 진정으로 좋아하게 되고 그녀 역시 나를 진정으로 좋아하게 된다고 해도 당신의 비밀스러운 영혼은 나를 용서할까요?"

버나드 쇼는 그렇게 결혼한 아내가 지병으로 죽을 때까지 45년간 결혼 생활을 했고, 아내가 먼저 죽자 상실감으로 힘들어했다. 하지만, 결혼 생활 중에도 엘런 테리, 패트릭 캠벨 부인 등 여러 여성들과의 서신 왕래를 끊지는 않았고, 그 서신들은 단순한 안부 편지가 아니었다. 쇼는 그 편지를 통해 정서적으로 진한 감정을 교환했으며, 이를 대단히 소중하게 여겼다. 그는 엘런 테리에게 쓴 편지에서 자신의 결혼이 완전한 것이 아니라고 말하기도 했다. 육체적 관계에 대한 그의 생각 역시 엘렌 테리에게 보낸 편지에서 엿볼 수 있다.

젊은 시절 그는 여러 모로 남루했다. 편지에 의하면 그는 스물아홉 살이 될 때까지 너무 구질구질해서 그 어떤 여자도 자신을 견디지 못했다고 한다. 그런 어느 날 모처럼 일자리가 생겨

옷 한 벌을 해 입자, 한 여자가 자신을 초대했다고 한다. 그러고는 자신을 애무하며 사랑한다고 했다며 그는 그녀와 육체적 관계를 맺었음을 암시했다. 그 이후 이 여자와 몇 번 관계를 맺었으나, 그런 관계를 허락한 것 자체를 쇼는 '침울한 관용'이라고 표현했다.

침울한 관용! 그렇다고 그가 불감증 환자는 아니었을 것이다. 다만 그는 현실적으로 부딪치면 어쩔 수 없이 무너지기 마련인 고도의 순수한 '사랑' 자체가 무너지는 걸 두려워했다. 그가 집착했던 정신적 사랑 혹은 정서적 교감은 섹스 중독자와 나란히 양축으로 나뉠 만하다. 그는 자신의 전기를 쓰는 작가에게 이렇게 말했다. "엘런 테리는 다섯 명의 남편한테 싫증을 느꼈다. 하지만 나한테는 단 한 번도 싫증을 느끼지 않았다."

사실 엘런 테리와 그토록 수많은 편지를 교환하며 서로의 생각과 감정을 나누었지만, 둘이 만난 시간은 대단히 짧았다. "장기적이고 친밀한 서신의 교환은 서로 한 번도 만나보지 못한 사람들 사이에서만 가능하다. 엘런과 나는 함께 방에 머문 시간이 20분 정도밖에 되지 않았으며 서로 완전히 다른 세계에 살고 있다……."

둘은 정말 장기적이고 친밀한 서신을 교환했지만, 결국 연극에 대한 사소한 의견 차이로 생긴 갈등을 극복하지 못하고 서신 왕래를 끊는다. '너무 순수한' 사랑은 갈등에 취약했는지 모른다. 현실적인 접촉에선 환상이 자라기 어렵듯이 너무 순수한 것들은 아주 작은 오점에도 취약한 법이다. 그가 미인에 대해 말했던 것처럼. "미인이란 처음 볼 때는 매우 좋다. 그러나 사흘만 계속 집 안에서 상대해보면 더 보고 싶지 않게 된다."

일상적인 일과 부딪치며 상처로 단련되지 않은 것들은 방어기제도 없기 마련이다. 기실 그의 오만과 독선은 그가 추구했던 '순수의 사랑'과 같은 뿌리다.

버나드 쇼의 어머니는 무능하고 주정뱅이인 아버지를 두고, 음악 선생과 정분이 나서 그의 두 누나를 데리고 파리로 가서 살았다. 쇼의 나이 열여섯, 사춘기 무렵의 일이다. 후에 쇼도 어머니가 있는 파리로 가지만 이미 한 명의 누나는 죽었고, 경제적으로도 넉넉하지 않았다. 그는 짧은 기간 학교에 다니긴 했지만, 거의 독학으로 지식을 습득했다. 초창기엔 쓰는 글마다 모두 퇴짜를 맞았다. 외모는 못생겼고, 경제적으로 궁핍했다. 어려서는 술주정뱅이 아버지 때문에 누군가 그의 집을 방문하거나 그의 가족들이 친척집에 방문하는 일조차 없었다. 그렇게 그는 늘 주눅 들어 살았으며 사람들과 어울리는 방법도 잘 몰랐다. 그러니 건방지고 불손하며 항상 자기 과시적이란 그에 대한 평은 소심하고 열등감에 빠진 인간의 방어기제였을 것이다.

그리고 소심하고 사회성이 부족한 인간이 가장 안전하고 행복하게 사랑할 수 있는 곳은 남루한 몰골로 부딪치는 세상보다는 새하얀 종이 위였는지도 모른다. "종이 위에서만 존재한 관계일 뿐이라고 하찮게 여기는 이들에게 종이 위에 존재하는 관계만이 인간에 대한 애정을 유지할 수 있으며 영광과 아름다움, 진실, 지식, 덕성 그리고 영구적인 사랑을 지킬 수 있다는 것을 알려주고 싶습니다." 엘런 테리가 죽자 엘런과의 관계를 회상하며 쇼가 한 말이다. 그는 현실에 없는 극도의 순수한 감정, 그것만을 사랑이라고 생각했다.

그의 작품 〈피그말리온 효과〉를 보면, 음성학 교수가 거리에서 꽃을 파는 아가씨를 정성들여 가꿔서 귀부인으로 만든다. 그러나 여자는 교수의 태도가 맘에 들지 않아 떠나고, 그는 그녀가 떠난 후에야 사랑했음을 안다. 물론 이 작품은 사랑과 영국의 계급사회에 대한 비판을 담은 연극이다. 하지만 어쩐지 현실적으로 여자와 부딪치며 사랑하지 못하는 쇼와 닮았다. 그렇다고 그가 사랑을 몰랐다고 단언하긴 어렵다. 다만 남들과 다른 방식의 사랑을 했을 뿐이다. 특히 여배우 엘런과는 오랫동안 편지를 나누며 충분히 정신적인 에로티시즘을 즐겼다. 그렇더라도 버나드 쇼의 사랑은 어쩐지 어느 한 구석이 비어 있는 느낌이 든다. 왜일까.

사랑은 수저 한 벌과 비슷하다. 누구는 젓가락만 사용하기도 하고, 또 누구는 숟가락만 사용하기도 하지만, 한 벌로 나란히 있을 때가 가장 편안한 구도다. 숟가락 하나는 숟가락이고, 젓가락 한 벌은 젓가락일 뿐이지, 수저라 하지 않는다. 마찬가지로, 육체적 사랑만 하는 것은 그저 섹스고, 정신적 사랑만 하는 것은 풋사랑일 뿐이다. 다만 풋사랑만 추구하는 것은 섹스만 탐닉하는 것과 달리, 눈에 드러나지 않을 뿐이다.

"간단하지. 술병에 술이 반쯤 남아 있다고 하자. 그것을 보

고, 아직 반이나 남았다고 하면서 기뻐하는 것이 낙천주의자,
아차 이제 반밖에 안 남았다고 탄식하는 것이 염세주의자이지"
라고 대답했던 쇼라면 이렇게 말할지 모른다. "사랑? 간단하
지. 난 아직 맛보아야 하는 육체적 사랑의 기쁨이 남아 있다고.
아차, 그런데 무덤에서는 그게 어렵나? 우물쭈물하다가 계산을
잘못할 줄 알았지. 육체적 사랑을 먼저 채우는 건데, 쯧! 이러
니 '살아 있는 실패작이 죽은 걸작보다 낫다'고 명언만 날리면
뭐하냐고, 투덜투덜……."
　사랑을 무어라 말해야 옳을까? 여전히 모르겠다.

사랑하는 이에게 간도 내주고 쓸개도 내줄 수 있지만,

도저히 손이 닿지 않는 부분이 있다

그건 오로지 혼자 감당해야 하는 것이다

3 외로우니까
사람이다

사람의 다리는
두 개다

폴 뉴먼과 조안 우드워드

사랑할 때 함께해야 할 것과 혼자 해야 할 것

폴 레너드 뉴먼Paul Leonard Newman (1925~2008)

〈내일을 향해 쏴라〉〈스팅〉 등에서 내적 고독을 표출하는 깊이 있는 연기를 보여준 배우. 1958년 〈상처뿐인 영광〉으로 데뷔했으며, 같은 해 〈길고 긴 여름〉으로 칸 영화제 남우주연상, 1986년 〈컬러 오브 머니〉로 아카데미 남우주연상을 수상했고, 아카데미상 후보에 열 번이나 올랐다. 또한 식품사업으로 성공을 거두었으며, 수익금을 의료 연구, 교육 사업, 환경 운동을 위해 기부한 착한 기업가이도 했다.

조안 지그닐리아트 트리미어 우드워드Janne Gignilliat Trimmier Woodward (1930~)

1957년 〈이브의 세 얼굴〉에서 제목처럼 분리된 세 인격을 가진 혼란스러운 여인의 모습을 완벽하게 표현해 아카데미 여우주연상을 수상했다. 루이지애나 주립대학을 졸업한 후 1956년 〈죽기 전에 키스〉의 도로시 역으로 데뷔했으며 외국 신문기자 최우수여우상, 아카데미 여우주연상, 영화 · TV 예술협회 최우수여우상 등 많은 상을 수상했다.

　　너무 사이좋은 커플로만 진화해왔다면, 홀로 서는 일이 퇴화된다! 생물 시간에 퇴화와 진화를 배운 적이 있다면, 이 말에 공감하리라.

인간은 누구나 개별적 자아를 가진 존재지만, 가끔 이 사실을 잊을 때가 있다. 부모나 형제, 연인의 그늘이 깊고 넓을 때가 그렇다. 사랑하는 사이의 '밀착감' 때문이다. 기분 좋은 밀착감에 몸을 맡기고 있다가 문득 푹신한 상대가 사라져 당황하는 경우가 종종 있다. 어쩌면 아주 오래된 연인과의 이별이나 부부 사이의 이혼이나 사별로 인해 겪는 아찔한 경험일 것이다.

기억이 흐릿하지만, 오래전 유명한 한 작가가 남편을 일찍 보내고 쓴 글이 생각난다. 사십대 중반에 사별한 이 작가는 남편이 죽고 난 다음 혼자 은행에 가서 입출금을 하는 일이나 동사무소에 가서 주민등록 등본을 떼는 것조차 낯설고 두려웠다고 했다.

영화배우 폴 뉴먼과 조안 우드워드는 1958년 결혼한 이래 50

년을 함께 살았다. 폴 뉴먼도 유명한 배우였지만 조안 우드워드 역시 유명한 배우였다. 이혼과 스캔들로 넘쳐나는 할리우드에서 50년을 해로한 것도 특별하지만, 그들의 생활 방식도 별났다. 둘은 할리우드 방식의 사치스러운 생활을 좋아하지 않았다. 그래서 할리우드와 정 반대인 코네티컷 주의 교외에 집을 장만하고 그곳에서 살았다.

그들은 서부에서 영화를 찍고 다시 동부로 날아와 시골에 은둔하며 미국의 전형적인 중산층처럼 살았다. 특히 조안의 경우는 배우 활동까지 거의 접고 살았다. 그곳에서 그녀는 요리를 하거나 옷을 지어 입기도 하면서 집안일과 아이 셋을 돌보는 데 열중했다.

그녀가 배우 생활을 접다시피 하며 집안일에 집중한 것이 온통 즐겁기만 한 것은 아니었다. 글로리아 스테이넘과의 인터뷰에서 폴 뉴먼은 "그녀가 허전해 한다는 걸 알아요. 예를 들면 브로드웨이의 연극을 보고 집에 돌아오면 그녀는 마치 연극 대사를 외우듯이 말합니다. '일 곱 사 람(폴 뉴먼의 전처 자식 셋과 자신의 자식 셋 그리고 폴 뉴먼)을 위 해 어 떤 요 리 를 할까. 여 기 서 내가 무 슨 일 을 하 고 있 는 지 화 가 나 요.' 이렇게 말이지요."

사랑하는 이들은 삶의 많은 부분을

이인삼각으로 함께 걷는다고 생각한다. 그러나

이인삼각 걷기는 의외로 사랑하는 사람과 함께 하기보다는

사랑의 결과물과 할 때가 많다.

아이들에게 열중하면서, 또 평범한 삶에 집중하면서도 그녀 역시 배우로서, 여자로서 자아를 잃지 않으려 애썼다는 것은 그녀가 한 말을 통해서도 짐작할 수 있다. "…… 아이들도 컸고 일 때문에 아이들을 돌보지 못한다는 죄책감으로부터 자유로워 졌으니까 적극적으로 일자리를 찾고 싶었어요."

다시 배우로 돌아온 그녀를 위해 폴 뉴먼은 메가폰을 잡았다. 뿐만 아니라 제작까지 했다. 그렇게 해서 만든 영화가 〈레이첼, 레이첼〉이다. 이 영화를 통해 폴 뉴먼은 감독으로 멋진 데뷔를 했다. 그해 뉴욕 영화비평가 협회는 폴 뉴먼을 최우수 감독으로, 조안을 최우수 영화배우로 선정했으며, 둘은 아카데미 최우수 영화상과 여우주연상까지 수상했다. 그러나 이 행복은 오래 가지 못했다.

〈레이첼, 레이첼〉 성공 이후 만든 영화 〈영광이여, 영원히〉가

문제였다. 1969년 개봉한 이 영화는 모터 레이싱 사이코드라마로, 폴 뉴먼은 이 영화에서 드라이버이자 바람둥이인 프랭크 카푸아 역을 맡았다. 그는 이 영화를 위해 레이싱 학교에 등록해 혹독한 훈련을 거쳐 상당한 경지에 도달했다. 그래서 대역을 쓰지 않고 직접 레이스 연기를 했다. 그는 곧 스피드에 매료됐고, 현실 속에서도 레이싱광이 되었다. 그의 나이 마흔네 살 때였다. 그러나 폴 뉴먼의 레이싱은 아내 조안을 힘들게 했다. 그가 자동차 경주에 나갈 때마다 조안은 다시는 그를 볼 수 없을지 모른다는 불안감에 시달려야 했다. 게다가 폴 뉴먼의 전처 자식이었던 스콧이 약물 남용으로 사망하면서 조안의 고통은 더해 갔다.

사실 스콧은 영화 〈타워링〉에 주연으로 발탁된 아버지와 함께 출연했었다. 그러나 이 사실을 두고 아버지의 유명세에 힘입어 배역을 따냈다고 조안이 못마땅해 한 바람에 오랫동안 서로 왕래하지 않고 있었다. 결과적으로 스콧과 폴 뉴먼의 관계도 소원해졌다. 그런 아들이 약물 남용으로 죽었으니 한때 알코올 중독이었던 폴 뉴먼의 마음이 어땠을지, 그 마음으로 경주용 차를 모는 남편을 지켜보는 조안의 마음이 어땠을지 짐작이 가고도 남는다.

사랑하는 이들은 삶의 많은 부분을 이인삼각으로 함께 걷는
다고 생각한다. 그러나 이인삼각 걷기는 의외로 사랑하는 사람
과 함께하기보다는 사랑의 결과물과 할 때가 많다. 예를 들면
조안의 경우 자식과 이인삼각으로 걸었다. 물론 폴 뉴먼도 가족
을 책임져야 하는 마음으로 경제활동에 임했으니, 그도 일정 부
분 가족(조안만이 아니라)과 이인삼각으로 산 셈이다. 그러나 조안
의 이인삼각과는 큰 차별성을 가진다. 조안이 자식과 함께 묶은
줄이 팽팽해서 움쩍달싹하기가 힘들었다면, 뉴먼의 경우는 비
교적 자유로운 편이었다.

자식이야 때가 되면 당연히 독립하리라 생각하지만, 또 다른
쪽, 남편이나 연인이 그랬을 때 다리 한쪽은 갈피를 잡지 못하
고 절룩거리게 된다. 이때 심리적으로 좀 더 밀착된 관계에 있
던 사람이 계속 다리를 묶고 있길 고집하면 집착이 된다.

조안의 경우 자식이 커서 더 이상 묶이지 않아도 될 때, 그녀
는 흔연히 다시 배우로 돌아갔다. 그러면서 당연히 폴과 예전처
럼 서로 열중할 수 있기를 바랐다. 그러나 이미 폴 뉴먼의 다리
한쪽은 조안에게가 아니라 자동차에 묶여 있다는 걸 알고 그녀
는 놀랐다.

그녀는 어느 날 폴 뉴먼이 시속 140마일로 달려 그대로 저세

상으로 갈까봐 초조했다. 그녀는 폴 뉴먼을 예전의 방식, 전원에서 한가한 삶을 사는 방식으로 끌어들이려고 노력했다. 하지만 폴 뉴먼은 전혀 그럴 생각이 없었다. 둘은 충돌했다. 밖으로 튕겨나가려는 폴과 다시 예전 방식으로 끌어들이려는 조안의 당기는 힘은 팽팽했다. 그래서 한때 조안은 밖에서는 우아한 배우였지만, 집안에서는 전혀 달랐다. 그녀의 말대로 집에서는 괴수로 변했다.

문득 조안은 깨달았다. 더 이상 폴과 함께 예전처럼 이인삼각으로 편안하게 걷거나 달릴 수 없다는 것을. 그리고 자신이 홀로 서는 일에 스스로 낯설어 하고, 일정 부분 두려워한다는 사실을. 그녀는 다시 자신의 튼튼한 두 다리를 기억해냈다. 그리고 폴과 연결된 끈을 아주 느슨하게 만들었다. 그녀는 자신이 원하는 곳으로 자유롭게 걸어갔다. 끈이 거치적거리지 않을 만큼.

분명 사랑하는 사람들은 이인삼각으로 함께 삶을 꾸려간다.
문제는 나에게는 너무 긴 끈이 상대에게는 너무 짧아서
답답할 때도 있고, 그 반대의 경우도 있다는 사실이다.

그녀는 발레에 눈을 돌렸다. 비록 발레리나가 될 나이는 아니었으나, 발레단의 이사로, 재정 후원자로 자신만의 생활을 찾은 것이다.

그러자 이번엔 폴 뉴먼이 느슨해진 끈을 조금 당겼다. 마침 이 무렵 자동차 경주 중 몇 번의 심각한 사고를 겪은 폴 뉴먼은 자신의 스피드를 조절할 필요가 있다고 느끼고 있었다. 결국 둘은 서로 합의할 수 있는 선에서 발레와 자동차 경주를 함께 즐기기 시작했다. 그리고 스콧의 죽음으로 크게 상심한 폴을 위해 조안은 약물 중독자의 치료를 돕는 기부 사업을 제안했고, 폴은 죽은 아들의 이름을 딴 '스콧 뉴먼 센터'를 설립한다. 스콧이 죽은 지 2년 뒤인 1980년이었다. 이후 유기농 식품 회사인 '뉴먼즈 오운'을 설립하고, 그 수익금 전액으로 다시 '홀 인 더 월갱 캠프'를 설립하여 난치병 어린이를 치료한다. 둘은 자선 사업으로 이인삼각의 끈을 다시 조인다. 어쩌면 그사이에도 둘은 보이지 않게 그 끈을 조이거나 늘리면서 서로를 배려했을 것이다.

아무리 사랑해도 늘 광풍이 이는 할리우드에서 50년을 해로한 일은 분명 쉬운 일은 아니다. 폴 뉴먼은 자선사업을 하면서 "행운을 타고난 사람들은 불운한 사람들을 도와야 할 의무가 있다"고 했다. 그러나 그가 누린 진정한 행운은 기부를 할 수 있는 경제적인 것보다는 사랑하는 사람과 느슨한 이인삼각으로 오래도록 걸을 수 있는 것이었다.

분명 사랑하는 사람들은 이인삼각으로 함께 삶을 꾸려간다. 문제는 나에게는 너무 긴 끈이 상대에게는 너무 짧아서 답답할 때도 있고, 그 반대의 경우도 있다는 사실이다. 그러니 그 끈의 길이는 끊임없이 조절해야 한다. 그리고 서로 미치도록 갈망하여 그 끈을 자꾸 더 짧게, 짧게 하더라도 자신의 다리가 두 개라는 사실을 잊지 않아야 한다. 사람의 다리는 두 개다.

펄펄 뛰는
연어가 되어

조지아 오키프
사랑은 서로에게 에너지와 영감을 준다

조지아 오키프Georgia OKeeffe (1887~1986)

미국의 대표적 표현주의 화가로 남자들의 편견과 예술 권력에 맞서 매혹적이고도 냉철한 정체성을 확립했다. 율동적인 곡선과 탐미적 색채를 통해 신비스럽고 상징적이며 관능적인 모티프를 표현한 것으로 유명하다. 특히 커다란 꽃 그림은 사실주의와 추상주의 어느 쪽에도 치우치지 않는 독특한 이미지로 평가받는다. 시카고 미술학교와 뉴욕 아트 스튜던츠 리그에서 미술을 공부했고, 자신을 발탁한 사진작가 알프레드 스티글리츠Alfred Stieglitz와 스물셋의 나이 차를 극복하고 결혼을 했으며, 그의 모델로도 활동했다.

그들의 사랑은 분명 축복이었다. 그러나 둘이 오순도순 행복했는지는 모르겠다. 조지아 오키프와 알프레드 스티글리츠 이야기다.

연인이 사랑하는 방법은 참 다양하다. 사랑 자체가 백인백색이니 당연한 일이다. 그러니 사랑은 (   )라고 정의할 때, 괄호 안에 들어가지 못할 말은 없다. 다만 사람마다 채우고 싶은 게 다를 뿐이어서 그걸 채우려고 노력하고, 그렇게 정의될 뿐이다. 운이 좋으면 원하는 걸 채울 수도 있지만, 그렇지 않은 경우도 많다. 조지아 오키프는 괄호 안에 원하던 것을 채웠는지 알 수 없다. 다만 사랑이 그녀의 인생에서 대단한 전환점이 된 것만은 분명하다.

오키프와 스티글리츠 둘은 영원히 펄떡이는 자신의 영혼을 갖게 되었다. 엄밀하게 말하면 남자는 신선함을 다시 채울 수 있었고, 여자는 웅크리고 있던 열정을 표출하는 법을 알게 되었다. 그게 사랑이 두 사람에게 내린 축복이었다.

사랑은 ( )라고 정의할 때,

괄호 안에 들어가지 못할 말은 없다.

다만 사람마다 채우고 싶은 게 다를 뿐.

조지아 오키프는 1913년부터 1918년까지 학교에서 미술을
가르쳤다. 이것은 당시 미술을 공부한 대개의 여성들이 밟는 과
정이었다. 오키프 역시 다른 여성들처럼 전업 화가로 평생을 살
거란 꿈은 꾸지 못했다. 그러나 그녀의 인생은 사진작가 알프레
드 스티글리츠를 만나면서 새롭게 시작되었다.

스티글리츠는 열정으로 가득 찬 남자였다. 그는 사진을 당당
히 예술로 끌어올렸다. 사진에 인위적인 조작을 거부하는 스트
레이트 포토그래피Straight Photography를 추구하고, 사진분리파를
이끌며 당대 사진계의 거장으로 떠올랐다. 그는 자신의 말대로
'예술을 모방한 사진이 아니라 당당히 예술을 파먹고' 살았다.
또한 그는 1905년부터 뉴욕에 '291갤러리'를 열고 유럽의 거

장 파블로 피카소, 폴 세잔느 등의 작품을 미국에 소개했다.

그가 운영하는 갤러리 291이 오키프와 스티글리츠가 만난 곳이다. 오키프의 친구가 스티글리츠에게 그녀의 작품을 보여주었고, 그는 그 그림의 진가를 알아보았다. 그는 이 무명 화가의 작품을 갤러리 291의 가장 좋은 곳에 전시했다. 스티글리츠는 자신이 출간하는 사진 잡지에 "오키프의 소묘 작품은 정신분석학적 측면에서도 매우 중요하다. 우리 갤러리 291에서는 한 여성이 종이 위에 이토록 솔직하게 자신을 표현한 작품을 결코 본 적이 없다"고 극찬했다.

오키프의 첫 번째 개인전도 갤러리 291에서 열렸다. 평단은 그녀를 주목했다. 스티글리츠에 의해 평단에 소개된 일이 생애의 전환점이 되어, 이후 그녀는 미국의 가장 위대한 화가 중 한 사람으로 명성을 얻게 된다. 하지만 어머니의 죽음으로 한동안 실의에 빠져 작품 활동에 회의를 품는다. 그러나 스티글리츠는 그녀를 뉴욕으로 불러낸다. 작업실을 내주고 쇠약해진 그녀를 정성껏 보살핀다. 또한 변덕스럽고 예민한 그녀를 이해하고 보듬어준다. 오키프는 그런 스티글리츠에게 끌린다. 하지만 그는 유부남이었다.

때때로 한 공간에 머물기에 너무 껄끄러운 사이가 있다. 사랑과 도덕 얘기다. 그럼에도 오키프와 스티글리츠는 몇 년 간의 동거 기간을 보내고 1924년 결혼한다. 그때 스티글리츠가 쉰두 살이었고, 오키프는 그보다 스물세 살이나 어렸다.

스티글리츠는 오키프를 만나면서 꾸준히 그녀의 사진을 찍었다. 일상생활과 초상과 누드까지. 이 작업은 스티글리츠에겐 대단한 작업이었다. 스티글리츠는 오키프를 통해 기존의 사진, 특히 여성 사진의 경향을 확실하게 바꾸었으며 새로운 스타일을 창조했다.

그는 오키프의 사진을 통해 '인간의 형태Human Form를 묘사하는 데 있어서 뚜렷이 구별된 새로운 이미지를 창조' 했다. 또 오키프를 통해 순수와 직관을 새롭게 다듬을 수 있었다. 후에 오키프가 회고했듯이 당시에 찍은 사진들은 피사체와 사진을 찍는 사람 사이에 대단한 친밀도가 없다면 절대 이루어질 수 없는 것들이었다. 그 사진은 피사체가 오키프였기에 가능했고, 스티글리츠가 찍었기에 사진사의 한 획이 되었다.

그러나 이 사진들 때문에 오키프는 대가를 치러야 했다. 예나 지금이나 누드모델에 대한 대중의 생각은 이중적이다. 누드 사진으로 인해 화가로서의 오키프는 뒷전으로 가고, 성과 관련된 여성으로서의 오키프가 먼저 유명해졌다. 이럴 경우, 오키프는 스티글리츠의 부속품으로 전락할 수 있다. 하지만 조지아 오키프, 그녀는 만만한 여자가 아니었다. 비록 시골에서 학생들을 가르치던 조용한 여자였지만, 그녀의 내면에는 건드려지지 않은 열정과 단호함이 있었다. 그것을 건드린 사람이 바로 스티글리츠였다. 그녀는 당시 유행하던 모더니즘과 상관없이 자신만의 추상환상주의 이미지를 개발하여 독보적 위치를 차지했다. 그녀의 말대로 "남이 아니라 나 자신에게 진짜 중요한 것, 내가 할 수 있는 유일한 것, 바로 그림……"을 그린 것이다.

오키프와 스티글리츠, 그들은 서로가 서로에게 에너지를 주며, 서로의 예술적 심성을 자극했다. 하지만 둘은 참 많이 다른 성격의 소유자였다. 시골에서 자란 오키프가 자연 속에서 고독하길 원했다면, 스티글리츠는 도시 사람이었고, 늘 사람 사이에 머물고, 열정을 밖으로 뿜어내는 사람이었다.

낭중지추囊中之錐. 스티글리츠의 열정이 그랬다. 그토록 사랑했고, 찬양했던 오키프를 두고 그는 새로운 열정을 불태운다. 도로시 노먼이라는, 오키프보다 더 어린 유부녀와 공개적으로 바람을 피운 것이다. 설상가상으로 오키프는 각종 질병에 시달렸다. 가슴 절제 수술, 대상포진, 심장병, 그리고 우울증. 오키프는 스티글리츠의 마음을 되돌리기 위해 다시 누드모델을 자

청하지만, 그는 더 이상 그녀에게서 영감을 얻을 수 없다고 말
한다.

이후 오키프는 여행 중 우연히 발견한 뉴멕시코의 황량한 사
막에서 여름을 나기 시작한다. 하지만 스티글리츠는 그녀의 사
막에 가지 않았다. 남자는 도회지에서 왕성했고, 여자는 조용한
사막에서 한 계절을 보냈다. 사막에서 그녀는 홀로 그림을 그렸
고, 다른 여자의 체취가 묻어 있을지도 모를 사랑의 편지를 받
았다. 그들이 나눈 편지는 무려 1만여 페이지에 이른다.

햇빛이 쏟아지는 곳에서 오키프는 스티글리츠의 편지를 읽었
을 것이다. 건조한 바람이 그녀의 눈가를 훑고, 뜨거운 적막이
그녀의 심장을 눌렀을 것이다. 그 사막에서 그녀는 육탈된 지
오래된 동물의 뼈나 뿔, 돌멩이 따위를 가져왔다. 그것들은 그

녀의 그림으로 다시 살아났다. 그녀의 그림은 여성의 성기를 연상시키는 꽃으로도 유명하지만, 황량한 사막 역시 주요 소재였다. 그녀는 눈을 뗄 수 없는 강렬한 색을 사용했는가 하면, 은은하고 사랑스러운 색도 많이 사용했다. 그럼에도 그녀의 그림은 대체로 강렬하다.

결국 1946년 인생과 예술의 동반자였던 스티글리츠가 죽자 조지아 오키프는 뉴멕시코의 사막을 비롯한 세계 곳곳으로 여행을 떠났고, 1949년부터는 아예 뉴멕시코 사막에 정착했다. 그녀는 반생을 사막에서 산 것이다. 그렇다고 은둔한 건 아니다. 그녀는 그곳에서 여전히 펄떡이며 왕성하게 작업했다. 그녀의 내면에서 요동치는 열정, 여성성의 당당함, 그건 바로 스티글리츠가 끄집어낸 그녀의 것이었다.

사랑은 ( )라고 정의할 때, 스티글리츠에겐 예술의 샘일 것이다. 사랑을 통해 그는 새로운 영감을 얻었다. 그리고 더 이상 영감을 받을 수 없을 때 사랑도 식었다. 그래서 늘 새로운 사랑을 찾아 나섰다.

그렇다면 오키프에게 사랑은 무엇이었을까. 그녀는 생명의 냄새가 풀풀 나는 강렬한 이미지의 꽃과 육탈된, 한때 생명체였던 것들을 그렸다. 그리고 뉴멕시코의 맑은 하늘과 사막 풍경을

그렸는데, 그녀의 그림에, 사랑에 대한 답이 있을지 모른다. 어
쨌든 둘은 서로가 사랑하는 동안 펄펄 뛰는 한 쌍의 연어가 되
어 상대방의 순수와 감성을 자극하고, 결국은 자신의 열정 속으
로 회귀했다.

그 뿌리는
나였네

임방울 VS 타사 튜터

내 전부를 걸어야만 진정한 사랑일까

임방울 (1904~1961)

자신의 고유한 가풍을 수립한 우리나라 최고의 명창이다. 민족사의 흐름에서 가장 불행했던 시기이자 판소리사에서 시련과 수난이 많았던 식민지 시대에 화려한 무대보다 시골 장터나 강변의 모래사장에서 나라 잃은 민족의 설움과 한을 노래했다. 한반도뿐만 아니라 일본, 만주에까지 명성이 나 있었으며, 유성기 음반 〈쑥대머리〉는 100만 장이 넘게 팔렸다.

타사 튜터Tasha Tudor (1915~2008)

동화 작가이자 삽화가로 100여 권의 그림책을 집필하고 그렸다. 중년 이후 버몬트 주 산속에 농가를 짓고 정원을 가꾸면서 직접 천을 짜서 옷을 지어 입고, 숙련된 솜씨로 양초와 비누를 만들어 쓰고, 치즈와 아이스크림을 만들어 먹는 등 여유롭고 한적한 생활로 자연주의 생활의 상징이 되었다. 그녀가 오랜 세월 가꾼 정원은 미국에서 가장 유명한 정원 가운데 하나로 꼽힌다.

한 여성학 교수님이 이르길, 남자는 마음에 여러 개의 방이 있어서, 일과 사랑과 그 외의 여러 일들이 각기 다른 방에 있는 반면, 여자의 마음엔 칸이 없어 사랑과 일이 한 공간에서 이루어진다고 했다. 그래서 여자는 사랑에 모든 것을 건다고. 살면서 가끔 그분의 말이 생각나서 고개를 끄덕일 때도 있고, 갸웃할 때도 있다.

여자의 마음엔 칸이 없어 사랑과 일이 한 공간에서 이루어진다.
그래서 여자는 사랑에 모든 것을 건다.

〈쑥대머리〉로 유명한 임방울이 평생 애창하며 가슴 아파하던 노래가 있다. 바로 〈추억〉이란 노래다. 노무현 전 대통령의 국민장 때 서울광장 노제에서 안숙선 명창이 부른 이 노래는 임방울이 사랑하는 연인의 죽음 앞에서 만들어 부른 것이다.

임방울은 외삼촌이자 국창이라 불리던 김창환 명창에게서 서편제의 기초를 닦았고, 열다섯 살 무렵에는 유성준 명창에게 동편제를 사사했다. 그사이에도 그는 여러 명창들을 거치며 공부했다. 목소리가 맑고 청아하면서도 고음과 저음이 자유자재로 나오는 타고난 소리꾼이었다.

그는 1925년 9월, 매일신보사 주최로 열리는 '조선명창연주회'에 참가했다. 그 무대는 당대 최고 명창인 송만갑, 이동백, 정정렬, 그의 외삼촌인 김창환 등 쟁쟁한 사람들이 나오는 곳이었다. 사람들은 이들을 보기 위해 몰려들었다. 임방울은 그 대가들이 선 무대에서 춘향가에 나오는 〈쑥대머리〉로 폭발적인 반향을 일으켰다. 그러자 일본의 콜롬비아레코드사에서 그의 음반을 발매했다. 그리고 100만 장이 넘는 엄청난 판매 기록을 세운다. 이후 빅터레코드사나 OK레코드사와 같은 유명 음반사가 앞다투어 그에게 손을 내밀었다. 소리꾼으로서 성공 가도를 달리기 시작한 것이다.

이후 1930년 전국명창대회에서 장원의 영광을 차지한 임방울은 본격적인 소리꾼으로 나서서 전국을 돌며 공연했다. 광주

공연 때는 그 지방 유지들이 '송학원'이란 요릿집에서 환영 잔치를 베풀어주었다. 그곳에서 그는 어린 시절 사랑했던 운명의 여인을 다시 만난다.

임방울은 어릴 때 광주의 부잣집에서 고용살이를 했다. 당시 그 부잣집 딸과 서로 사랑했지만, 당연히 이루지 못할 사랑이었다. 동갑내기 이 소녀는 후에 부잣집으로 시집을 갔으나 실패했고, 김산호주라는 예명으로 요릿집 송학원을 차린 것이다. 둘은 한눈에 알아보았고, 임방울은 곧바로 김산호주의 포로가 되었다. 전속 계약한 OK레코드사가 애를 태우며 그를 찾은 것은 물론이고, 대중도 온갖 소문을 만들어내며 그를 찾았다. 그러나 임방울은 송학원 내실, 김산호주의 치마폭에 푹 싸여 나올 생각을 하지 않았다.

그러던 어느 날, 임방울은 자신의 목소리에 이상이 생겼다는 것을 알았다. 푸는목, 감는목, 찍는목, 떼는목, 미는목, 자유자재로 넘나들던 목소리가 윤기를 잃었다. 고되고 힘든 독공으로 툭 트였던 목청이 탁해진 것이다. 사랑의 포로가 되어 송학원 내실에서 보낸 지 2년 만이었다.

사실 임방울은 동편제니 서편제니 중고제니 하는 노래의 유형, 즉 선배들의 노래 방식 연습에 시간을 많이 투자하지는 않았다. 오히려 득음하기 위한 발성 연습에 더 치중했다. 이것은 선배들의 노래를 그대로 따라 부르지 않겠다는 자유분방함이었지만, 귀명창들에겐 그다지 환영받는 스타일은 아니었다. 그래서 그가 첫무대에서 〈쑥대머리〉를 불렀을 때도 대중은 환호했지만, 전문가들의 평가는 인색했다. 그러므로 그의 목소리에 이상이 생겼다는 것은 소리꾼으로서 전부를 잃은 것이나 마찬가지였다.

임방울은 송학원에 사랑을 묻고 사라졌다. 산호주는 갑자기 사라진 그를 백방으로 수소문했지만 행방은 묘연했다. 애타게 찾았으나 그를 찾을 수 없었다. 그러자 산호주는 시름시름 앓기 시작한다. 그러면서도 온 사방으로 귀를 열어놓고 그를 찾았다. 결국 그녀는 임방울의 행방을 알아낸다.

산호주는 한달음에 임방울이 소리 공부를 하는 지리산의 토굴로 달려갔다. 토굴 앞에서 읍소하며 간청했지만, 임방울은 끝내 그녀를 만나주지 않았다. 깊은 절망에 빠져 집으로 돌아온 그녀는 병이 더욱 깊어졌다. 죽음이 산호주의 문밖에 있다는 소식을 듣고 임방울이 달려왔다. 그는 죽어가는 산호주를 부여안고 즉석에서 자신의 비통한 마음을 노래로 만들어 불렀다. 그것이 바로 〈추억〉이다.

앞산도 첩첩허고 / 뒷산도 첩첩헌디 / 혼은 어디로 향하신가

황천이 어디라고 / 그리 쉽게 가랏든가 / 그리 쉽게 가랏거든

당초에 나오지를 말았거나 / 왔다 가면 그저나 가지

노던 터에다 값진 이름을 두고 가며……

임방울보다 조금 늦게 지구 반대쪽에서 태어나 그 못지않게 고집스럽게 자기 길을 간 사람이 있다. '타샤의 정원'으로 우리에게 알려져 있는 타샤 튜터다.

그녀는 부모의 이혼으로 아버지 친구 집에서 살았으나 열다섯 살 때부터 혼자 살기 시작한다. 스물세 살에 결혼해 2남 2녀를 낳았고, 서른 살 때 뉴햄프셔의 시골로 이사를 했다. 그곳에서 17세기 농가를 구입해 전기도 수도도 없이 네 아이를 키웠다. 낮에는 들에서 일을 하고 꽃을 가꾸었다. 그리고 밤에는 그림책 그림을 그렸다. 아이들과 마리오네트를 만들어 공연도 다녔다.

그러나 이런 동화 같은 삶이 실제로는 동화 같지 않을 때가 많다. 시골 생활, 그것도 전기와 수도도 없는 생활을 생각해보라. 전기가 없으면 별빛은 찬란하지만 불편한 게 한둘이 아니다. 텔레비전도 없고, 음악을 들을 오디오도 없다. 해가 지면 세

상은 절벽이 된다. 의식주를 해결하려면 하나부터 열까지 자신의 손을 거쳐야 한다.

꽃이 있고 싱싱한 식물과 가축이 있으면 아름답고 평화로워 자연 친화적이지만, 인간 친화적이기에는 버거운 것들도 많다. 온갖 벌레와 궂은 냄새들……. 이웃과 어울리며 술이나 차를 나눠 마시는 일도 자주 할 수 없을 것이다. 눈을 뜨면 자연이고, 눈을 감아도 자연이다. 처음부터 이런 곳에서 나고 자랐다면 자연스럽지만 도시에서 자란 사람에게 이런 환경은 쉽지 않다. 타샤 튜더의 남편이 그랬던 것 같다. 그는 끝내 적응하지 못하고 가족을 두고 시골을 떠난다.

20년 넘게 산 남편이 곁을 떠날 때 어찌 자신의 들판처럼 평온했으랴. 그러나 그녀는 여전히 자연주의 삶을 포기하지 않았다. 낮에는 들판에서 꽃과 가축을 돌봤고, 밤에는 그림을 그렸다. 아이들에게는 아버지의 빈자리를 보여주지 않으려 노력했다. 그녀 말대로 '늑대가 얼씬대지 못하게' 더욱 각오를 단단히 다졌고 동화 삽화는 물론이고 초상화까지 그리며 살림을 일구어갔다.

이혼 후 10년 만인 쉰여섯에 그녀는 마침내 그토록 원하던 대지를 샀다. 버몬트 주에 버려진 농장 부지 30만 평이었다. 그곳에서 그녀는 자신이 좋아하는 1830년대의 방식으로 살았다. 옷부터 가구, 일상생활의 모든 도구까지 어느 것 하나 현대적인 것이 없었다. 그녀의 삶은 바로 자연이었다. 현대 문명에서 벗어난 그녀의 정원은 지상 낙원이었다. 그녀는 맨발로 자신의 땅을 밟으며 꽃을 가꾸고, 동물을 키웠다. 그녀의 정원은 미국뿐만 아니라 세계적으로 유명세를 탔다.

사랑하는 이와의 이별은
지구상의 모든 불빛이 꺼지는 것처럼 암울하고 슬프지만,
자신이 사라지면 지구가 사라진다.
결국 내 안의 방이 한 개든 여러 개든 그 주인은 나다.

타샤의 삶의 방식을 동경하고 따라하려는 사람들도 많아졌다. 그녀는 말했다. "나는 정원을 가꾸면서 생각지 않았던 많은 것을 얻었지요. 내게는 두려운 것이 없어요. 죽음조차 무섭지 않아요. 죽음이라는 것도 일종의 경험이나 즐거움이 아닐까요? 나는 지금까지 살아온 내 인생에 후회가 없답니다." 그러면서

마음에 걱정을 담지 말고 편안하게 생활하자는 자신의 신조를 '스틸 워터Still Water(고요한 물)'교라며 농담처럼 말했다.

사랑하는 사람과 이별하는 일은 지구에서 모든 불빛이 사라지는 일과 맞먹을 것이다. 사랑했던 일이 짧은 열정의 도가니였거나 몇 십 년 사랑하고 갈등하며 애증이 켜켜이 내려앉았거나 마찬가지다. 이별은 언제나 힘들다. 더구나 사별이 아닌 바에야 많은 이별엔 손 내밀 틈이 조금씩은 있게 마련이다. 그러나 임방울도 타샤 튜더도 그 틈을 외면했다.

이후 임방울은 박초월 명창 등과 '동일 창극단'을 만들어 전국 순회공연을 다녔다. 무대에서 노래 부르는 일이 곧 자신이었다. 그는 공연 때 마이크를 꺼렸고, 무대 밖에서는 입에 발린 공치사를 꺼렸다. 돈은 없는 사람들에게 나누어주었다. 자신이 부르는 노래와 그 노래를 들으며 울고 웃는 사람만이 전부였다. 풍류가객으로 식민지 시대 민초들의 설움을 달랬던 그는 소원처럼 공연 도중 피를 토하고 쓰러져 병원으로 옮겼으나 끝내 세상을 버리고 만다. 그의 나이 쉰일곱이었다.

타샤 튜더는 아이들을 다 키우고, 쉰여섯의 나이에 구입한 땅을 1년 내내 꽃이 지지 않는 '비밀의 화원'으로 만든다. 스스로 "전생에 1830년대에 살았던 것 같다"며 그 방식 그대로 살면서 자신의 파라다이스를 가꾸었다. 그녀가 "정원에 대해서는 결코 겸손할 수 없다"고 한 말과 농담처럼 말한 스틸 워터교는 참 의미심장하다. 자신과 자신이 가꾼 세계가 곧 우주이며, 전생이고 현생이며 미래라는 뜻이리라.

사랑하는 이와의 이별은 지구상의 모든 불빛이 꺼지는 것처럼 암울하고 슬프지만, 자신이 사라지면 지구가 사라진다. 뿌리가 잘린 크리스마스트리는 아무리 호화로워도 시즌이 끝나면 버려진다. 정체성을 잃은 사랑처럼. 결국 내 안의 방이 한 개든 여러 개든 그 주인은 나다.

사랑은
어디에 머무나

괴테 부부 VS 케네디 부부

세상의 모든 사랑이 순수한 열정 덩어리리라는 건 오해다

요한 볼프강 폰 괴테Johann Wolfgang von Goethe (1749~1832)

독일 고전주의 문학의 거장으로 80년이 넘는 긴 생애 동안 《젊은 베르테르의 슬픔》 《빌헬름 마이스터의 편력시대》 《파우스트》 등의 폭넓은 작품을 내놓았다. 특히, 《젊은 베르테르의 슬픔》은 친구의 약혼녀를 짝사랑한 자신의 경험과 이와 비슷한 경험으로 자살한 친구의 이야기를 바탕으로 쓴 것인데, 당시 주인공 베르테르의 옷차림이 유행하고 모방 자살까지 일어나는 등 폭발적인 인기를 끌었다.

존 F. 케네디John F. Kennedy (1917~1963)

미국 35대 대통령이며, 미국 역사상 가장 위대한 대통령으로 손꼽힌다. 소련과 미국 간 핫라인 개설과 부분적인 핵실험금지조약 체결, '평화봉사단' 창설 등의 업적을 남겼다. 1953년에 워싱턴 신문사 기자로 일하던 재클린Jacqueline과 결혼했다. 이들 부부는 남편의 정치 활동을 열성적으로 내조했던 재클린 덕분에 케네디의 여성 편력과 성 스캔들에도 불구하고 '표면적'으로는 다정한 백악관 커플로 기억된다.

사랑은 어디에서 우러나오는 걸까. 사랑은 도대체 무엇일까. 왜 사람들은 누군가를 사랑하는 걸까. 가끔 이런 것도 사랑이라고 해야 하나 혼란스러운 사랑이 올 때가 있다. 사랑이라 말하기엔 명쾌하지 않은 무엇. 그럼에도 사랑이 아니라고 부정할 수 없는 것.

괴테는 많은 여자와 여러 사랑을 했다. 바이마르 공화국의 고위 공직자였고, 대문호였으며, 그림까지 그렸던 이 남자는 단연 사교계의 총아였다. 그는 단 한 번 결혼을 했는데, 그 여자는 꽃을 만드는 여직공이었다. 오빠의 취직을 부탁하기 위해 찾아온 크리스티아네 불피우스Christiane Vulpius에게 괴테는 첫눈에 반한다. 그리고 둘은 동거에 들어간다. 당연히 바이마르의 사교계는 황당한 이 사태에 수군거리며, 한바탕의 바람이라고 생각한다. 하지만 예상은 빗나갔다. 오히려 괴테는 12년간이나 정신적인 교류를 해왔던 샤를로테 폰 슈타인과 결별한다.

그렇다고 괴테가 크리스티아네와 자신의 계급에 어울리는 부부 관계를 유지한 것도 아니다. 크리스티아네는 당시 사교계에 발을 들여놓을 수도 없었고, 그 집에 찾아오는 손님들을 접대할 수도 없었다. 괴테의 모든 주변사람들은 둘의 관계를 인정하지 않았으며 수많은 비난과 비아냥거림을 쏟아냈다. 당시의 신분과 계급의 벽을 뛰어넘지 못했던 것이다. 그러나 둘은 만난 뒤로 단 한 번의 이별도 없었고, 둘 사이에는 다섯 명의 아이가 태어났다.

괴테는 크리스티아네와 18년 동안 동거한 후 정식으로 결혼을 한다. 물론, 이 결혼은 프랑스 군대가 바이마르를 점령하고 괴테의 집이 약탈당할 위험에 놓였을 때, 크리스티아네가 용감하게 막아낸 대가라는 혐의가 짙다. 심지어 하객은 다섯 자녀 중 유일하게 살아남은 아들 하나였다.

어쨌든 크리스티아네와 사는 동안 괴테의 창작은 쉼 없이 진행됐으며, 남겨진 괴테의 편지에서도 드러나듯이 둘의 관계는 매우 만족스러웠다. 크리스티아네 역시 사교계에 들어서는 게 평탄하지 않았을 뿐, 괴테와의 사이에는 문제가 없었다.

괴테와 크리스티아네 부부와 반대되는 경우가 바로 케네디와 재클린이다. 둘은 아주 보기 좋은 커플로 대중의 사랑을 받았

고, 찬사와 존경의 대상이었으며 자부심이었다. 대중은 그 둘을
잭과 재키라는 애칭으로 불렀다.

누구나 뜨거운 사랑을 원하지만
의외로 뜨거운 사랑은 소설이나 영화에만 넘쳐날 뿐이다.
현실에서 드문 사랑이기에
영화나 소설에 넘쳐나는 건지도 모른다.

케네디와 재클린의 결혼을 정략적이라고 말하는 사람들도
있지만, 정략적이기 이전에 서로에게 반할 만큼 둘의 조건은
훌륭했다. 젊고 잘생겼으며 경제적으로 풍요로운 상원의원인
케네디와 미모와 지성을 겸비한 사진작가 재클린. 하지만 여러
정황을 두고 보건대 계약 결혼이라는 말을 완전히 부인할 수도
없다.

케네디는 결혼 전에도 이미 호가 난 난봉꾼이었다. 그런 남
자를 결혼 상대로 선택하기는 쉽지 않다. 적어도 최고의 권력
을 쥘 재목이라는 믿음이 없고는. 혹은 결혼 후에는 멈출지 모

른다는 가느다란 희망이 있었을지도…….

그러나 결혼 후에도 케네디의 바람은 멈추지 않았다. 재클린은 케네디의 여성 편력을 태연하게 견뎠다. 케네디는 여성 편력으로 얻은 임질에 시달렸고, 에디슨병과 척추 손상으로 고통 받았다. 재클린 역시 유산과 자녀의 죽음 등 평탄한 삶은 아니었다. 그러나 둘은 이 모든 것을 드러내지 않는다. 그 대가로 재클린은 권력을 갖고, 케네디는 우아한 퍼스트레이디를 둔 대통령이 된다. 그들은 대중이 원하는 게 무엇인지 알았으므로 사생활조차 철저하게 연출했다.

케네디는 섹스 중독자로서의 생활을 눈감아준 재클린을, 재클린은 대통령의 부인으로 살게 해준 케네디를 얼마큼 사랑했는지 알 수 없다.

사랑은 어디에 머무는가. 온밤을 뜨겁게 보낼 여인의 배 위에 머무는가. 세상의 권력을 준 남성의 능력에 머무는가. 사랑은 느닷없이 찾아오기도 하지만 사랑할 만한 사람을 사랑하는 경우도 많다. 특히, 결혼으로 이어지는 사랑은 더욱 더 그렇다. 어울릴 만한 사람을 만나서 약간 뜨거운 사랑을 나누고 결혼을 한다. 누구나 뜨거운 사랑을 원하지만 의외로 뜨거운 사랑은 소설이나 영화에만 넘쳐날 뿐이다. 심지어 빛나는 이십대가 다 지나도록 제대로 사랑 한 번 못해본 사람도 수두룩하다. 현실에서 드문 사랑이기에 영화나 소설에 넘쳐나는 건지도 모른다. 누구나 꿈꾸지만 가질 수 없는 많은 것처럼.

사랑의 근본은 타인을 사랑하는 게 아니라,
자신을 사랑하는 것이 먼저이다. 가끔 앞뒤 가리지 않고,
물인지 불인지 모르고 사랑에 매달리기도 하지만.

때때로 사랑은 꽤나 이해타산이 빠르다. 그 이해타산이 상업적이나 정략적인 이해타산이라기보다는 자신에게 맞는 사랑이 무엇인지 본능적으로 알아차린다는 것이다. 사랑의 근본은 타인을 사랑하는 게 아니라, 자신을 사랑하는 것이 먼저이기 때문이다. 가끔 앞뒤 가리지 않고, 물인지 불인지 모르고 사랑에 매달리기도 하지만, 그 사랑 역시 무의식의 바탕에 자기애가 깔린 것인지도 모른다. 모든 생물체는 정자와 난자가 만나는 순간부터 이기적인 유전자를 갖기 때문이다.

괴테는 많은 여인들과 사랑을 나누었다. 육체적인 사랑도 있

었지만 정신적인 사랑도 있었다. 더구나 사교계를 몰랐던 사내도 아니었다. 그러니 괴테 어머니의 말처럼 크리스티아네를 단지 '동침녀'(물론 괴테의 어머니는 이 말을 모욕적으로 사용할 의도가 아니라, 함께 사는 사람 정도로 사용했다고 한다)로만 생각하지는 않았을 것이다. 괴테 정도라면 동침할 여자는 얼마든지 구할 수 있었을 테니까. 그보다 괴테는 여태껏 자기 주변에서 보아왔던 여자와는 색다른 매력을 그녀에게서 발견했을 것이다. 추밀 고문관이었던, 그래서 함부로 말도 붙이기 어려웠을 괴테를 가로막고 오빠의 취직을 부탁하는 당돌함과 귀족사회의 이중성에 노출되지 않은 순수함, 춤을 좋아하는 명랑함, 괴테의 일을 무조건 존중하는 너그러움, 보통 가정의 안락함 등등.

생각해보면 크리스티아네에게는 상류사회의 여인들과 다른 매력이 많이 있었다. 다만 신분의 벽 너머에서 괴테만이 그것을 보았다. 남들이 모르는 것을 발견하는 것도 사랑하는 사람들만의 특징이다. 괴테는 그동안 보아왔던 상류층의 세련됨보다는 서민의 건강함과 단순함이 자신과 맞는다는 것을 알았을 것이다. 까다롭지 않고, 자신을 존경하고 믿어 속박하지 않는 여자를 사랑하는 일이 곧 자신을 사랑하는 방법이었다. 괴테의 사랑은 뜨거운 열정과 편안함, 자유의 토양을 원한 것이다.

케네디 역시 자유분방함을 사랑했다. 결코 멈출 수 없는 성욕과 모험이 보장되지 않는다면 어떤 사랑도 오래 지속할 수 없었을 것이다. 케네디의 사랑은 성과 모험에 자리를 잡고 싹을 틔운다. 재클린의 사랑은 권력과 명예, 경탄하는 타인의 시선이란 토양에서만 움틀 수 있었다.

저돌적이어서 어떤 조건도 없이 벼락같이 다가오는 사랑도 있지만, 매우 조심스럽고 경계심이 강하여 일정한 조건이 주어지지 않으면 절대 싹이 트지 않는 사랑도 있다. 그것이 돈이나 권력일 수도 있고, 자유일 수도 있으며 숭고함이거나 명예일 수도 있다. 그러므로 세상의 모든 사랑이 순수한 열정 덩어리라는 건 오해다. 때로 사랑은 온도와 습도에 민감한 악기처럼 섬세하여 아무 곳에나 머물지 않는다.

빛나는 별도
가까이 가보면 암석덩어리다

사르트르와 보부아르

사랑할 때 공간의 의미

장 폴 사르트르Jean-Paul Sartre (1905~1980)

프랑스 실존주의 철학자이자 작가이며 실존주의의 대표적인 사상가. 전쟁 후 사회적 책임에 눈을 돌려 프랑스 정치에 적극적인 관심을 보였다. 프랑스 공산당에 입당하지는 않았지만 좌파의 유명 인사였던 그는 소련의 열렬한 찬양자가 되었다가, 1956년 소련의 부다페스트 침공 이후 모스크바의 독재와 프랑스 공산당 모두를 비난했다. 1964년《말》로 노벨문학상 수상자로 선정되었으나 수상을 거부했다.

시몬 드 보부아르Simone de Beauvoir (1908~1986)

작가이자 여성해방운동가이다. 소르본에서 문학사 학위를 받고, 스물한 살 때 철학 교수 자격시험에 차석이자 최연소로 합격했다. 공식적인 수석은 사르트르였지만 당시 심사위원들은 보부아르가 더 뛰어나다는 데 동의했다. 사르트르의 영향을 받아 실존주의 철학을 익혔으며, 이를 사상과 행동의 기조로 삼았다. 1949년에 출간한《제2의 성》은 프랑스 사회는 물론 전 세계적으로도 큰 반향을 일으켰다.

정확하게 일치하진 않지만, 사랑과 자유는 반비례 관계라고 말한 적이 있다. 그러나 사랑과 자유를 함께 누린 이들이 있다. 말하자면, '결속과 독립을 결합시킨' 장 폴 사르트르와 시몬 드 보부아르 커플이다. 잘 알려진 대로 둘은 계약 결혼을 했다. 계약 결혼 자체도 놀랍지만, 둘이 서로 경쟁하듯이 혼외정사를 즐긴 부분은 할 말을 잃게 한다. 뿐만 아니라, 이들 관계의 복잡성은 온갖 막장 드라마가 난무하고, 포르노가 일상이 된 요즘도 여전히 낯 뜨겁다. 이 둘이 벌인 연애 행각의 한 단면만 본다면, 수십 년이 지난 지금도 보통의 사람들이 수용할 범위를 훨씬 벗어나 있다.

보부아르가 자신의 제자인 열일곱 살의 올가 코사키비츠와 동성애 관계를 맺자, 사르트르도 올가를 유혹하려 하고, 짧은 기간 둘이 만나기도 했다. 하지만 올가가 다른 사람을 선택하자, 사르트르는 올가의 여동생 완다를 유혹했다. 올가가 열일곱 살인 것도 놀라운데 그 동생을 유혹했다니. 뿐만 아니라, 보부아르가 또 다른 제자 비앙카 비넨펠트와 정사를 가진 뒤, 사르트르도 비앙카와 관계를 맺는다. 사르트르는 또 보부아르의 애인이자 제자였던 나탈리 소로킨을 유혹했고, 보부아르가 클로드 란츠만과 사귀자 사르트르는 란츠만의 여동생 이블린과 사귀기도 했다.

이 외에도 둘이 각기 즐긴 사랑은 많다. 더구나 계약 결혼의 조건이었다는 관계의 투명성과 정직함을 지키기 위해 잠시 만나는 연인들과의 섹스 묘사까지도 서슴지 않고 교환했으며, 여의치 않을 땐 편지로 상세하게 전했다고 한다. 서로가 상대의 혼외정사를 어떤 심정으로 들었을지 상상이 안 된다. 그들은 진정 흔쾌히 자유로웠던 것일까.

당대의 많은 사람들도 이런 의문을 가졌던 모양이다. 사르트르와 보부아르가 사망했을 때, 사람들은 지성 뒤에 감춰진 것들을 들추기에 혈안이 되었다. 둘의 사적인 기록과 편지가 호기심 많은 대중의 손에 쥐어졌다. 이 과정에서 밝혀진 사실은 그들 역시 둘 사이에 끼어든 제삼자 때문에 골머리를 앓고 있었으며, 일탈에 대한 분노와 상실에 대한 두려움, 질투가 존재했다는 것이다. 자유의 대가를 톡톡히 치른 흔적이었다.

이 커플의 이면사를 뒤졌던 사람들은 이들이 겪었을 분노와 질투에 환호하고 안도했을 것이다. 원래 사랑은 그런 거니까. 제 아무리 고고한 척, 우아한 척, 철학적인 척해도 어쩔 수 없었군, 하며 편안해졌을 것이다. 그런가 하면 역시 사랑은 자유와 함께 누리기엔 너무 위험하다는 게 증명되는 순간이어서 아쉬웠을지도 모르겠다. 그러나 질투나 분노가 중요한 건 아니다. 대부분의 평범한 일부일처의 부부관계에서도 질투와 분노와 의심은 양념처럼 따라붙는다. 심지어 사랑한 기억이 가물가물한 권태기까지 있다.

혼자 있을 때보다
둘이 함께 있으면서 딴생각에 빠져 있을 때가
더 외로운 법이다.

이 커플은 분노와 질투, 상실감을 기꺼이 감수하고도 사랑했고, 자유를 즐겼다. 간단하게 계약을 파기하면 끝날 수 있는 관계였지만, 죽을 때까지 지속했다. 뿐만 아니라, 보부아르는 "나는 내 인생에서 재론의 여지가 없는 확실한 성공 하나를 말할 수 있다. 그것은 사르트르와의 관계이다"라고 말했다. 이 말을 지성의 가면 뒤에 숨은 가식이라고만 할 수 있을까. 둘이 잔인할 정도로 정직했던 관계의 투명성 때문에 분노와 질투를 느끼지 않았다면 이 커플은 전설이 될 수 없을 것이다. 그것마저 없다면 사이보그일 테니까.

둘이 사이보그가 아니면서 평범하지 않은 관계를 지속시킬 수 있었던 건 무엇 때문이었을까. 사랑의 질 때문이었는지 모른다. 그들은 사랑eros만 한 게 아니다. 사랑만 했다면 서로 여러 번 죽이고도 남았을 것이다. 실제로 보부아르 역시 살인 충동에서 자유롭지 못했음이 그녀의 작품에 투영되어 있다.

그러나 사르트르와 보부아르가 죽거나 죽이지도 않고 서로의 관계도 지속시켰던 가장 근본적인 이유는 사회적 실험에 대한 열정도 사랑 못지않게 강했기 때문일 것이다. 그들은 자신들이 내세웠던 자유, 존재, 실존의 문제, 페미니즘 등을 경험을 통해 실험하고 끝없이 토론했다. 이런 사실은 사르트르의 말 속에서도 드러난다. "나는 시몬 드 보부아르가 없었다면 수많은 소중한 경험을 하지 못했을 것이다. 그녀와 함께 그 경험들에 대해서 이야기하지 않았다면 그 경험들은 비전문적으로 남게 되었을 것이다. 내가 기술하고 있는 하나의 행동, 내가 분석하는 삶의 상황들은 그녀와 함께한 집약적인 경험을 통해서 그 정확성과 현실적 엄밀성을 부여받는다." 즉, 실존주의를 자신들의 일상 속에 끌어들이는 일이 곧 사랑의 일부였다.

더 나아가 둘은 에로스와 필로스의 교차점을 찾아낸 것이다. 이것은 에로스만으로도 힘겨워하는 보통의 사람들이 발견할 수 없는 지점이다. 그렇더라도 분노와 질투와 시기를 피할 수는 없었다. 다만 그런 감정을 철학적으로 해석할 줄 알았고, 그 감정에 함몰되지 않았을 뿐이다.

그리고 관계를 지속시킬 수 있었던 또 하나의 비결, 그건 공간의 문제다. 그들이 복잡하고 미묘한 상대방의 연애 행각을 낱낱이 알면서도 51년 동안이나 관계를 유지할 수 있었던 건 같이 한 공간을 쓰지 않았기 때문일 것이다.

보통의 결혼이라면, 그것이 계약 결혼일지라도, 같은 공간에 거주하는 게 보편적이다. 하지만 둘은 공간을 공유하지 않았다. 만약 같은 공간을 썼다면 이들의 관계는 끝까지 지속되지 못했을 것이다. 공간의 의미가 압축된 예는 자동차 안이다. 또 가장 넓은 의미의 공간은 같은 하늘 아래다. 남녀가 좁은 차 안에 있을 때 그 공간은 감정을 자극한다. 두려움, 어색함, 사랑, 심지어 부적절한 감정까지. 반면 사랑하는 남녀가 원치 않는 이별을 할 때 같은 하늘 아래 있는 것만으로도 위로받을 수 있다. 그러나 여기서 공간은 하늘이 지붕이 아닌, 집이라는 공간이다.

같은 공간을 쓴다는 것은 먹고, 자고, 섹스하고, 이야기하고, 휴식하고, 잠옷 차림으로 부스스한 눈을 비비며 만나는 것 외에도 외출한 상대방이 반드시 돌아올 거라 믿는다는 의미도 있다. 나가는 것 또한 일이나 사회적 소통을 위한 것이지 다른 여자나 남자를 사랑하기 위한 것은 아니어야 한다.

상대방이 여자나 남자를 만나 사랑하기 위해 나간다면, 공동의 공간에 남겨진 사람은 최소한의 필로스도 이성도 남아 있지 않을 것이다. 혼자 있을 때보다 둘이 함께 있으면서 딴생각에 빠져 있을 때가 더 외로운 법이다. 그럴 때 느끼는 외로움은 혼자 있을 때 느끼는 외로움과는 사뭇 다르다.

보통의 사람들에게 결혼의 큰 의미는 같은 공간에 산다는 것이다. 함께 자고 함께 아침을 맞는 것. 비록 아침에 나가서 밤늦게 들어오는, 시간적으로 함께 공유하는 게 아주 적을지라도 같은 공간을 사용한다는 것은 매우 중요한 의미다. 둘만의 공간에서는 편안한 옷차림만큼이나 이성도 휴식을 취하고 있다. 그 느슨한 틈새로 사랑하는 사람끼리의 기대치와 무의식적인 속박이

자란다. 한 공간을 사용하는 사람들이 지나치는 중요한 순간들이다.

하지만 사르트르와 보부아르는 공간을 공유하지 않았다. 짧은 기간 동거를 하기도 했지만 대부분 가깝게 살 뿐이었다. 그러므로 상대가 자신을 내버려두고 밤늦도록 서재에 혼자 틀어박혀 있는 것도 괜찮았고, 상대가 몇 년씩 여행하면서 다른 사람과 연애를 해도 언제나처럼 자신의 침대엔 체온을 기다리는 다른 베개 따윈 없었다.

아주 가끔 도달할 수 없는 영역에서 빛나는
별 같은 사랑도 있는 모양이다.
가보면 먼지나 암석 덩어리일지라도,
밤하늘을 수놓은 별은 보석보다 아름답고 유혹적이다.

상대방의 공간이 비어 있는 것과 없는 것은 무척 다르다. 아마 둘이 함께 살았다면, 서로가 누군가와 정사를 벌일 때마다 함께 사는 상대방의 질투와 분노를 좀 더 현실적으로 느꼈을 것이며, 미처 소화되지 못한 채 누적되어 부패하는 악취까지 낱낱이 겪어야 했을 것이다. 그러면 상대방의 질투와 분노는 좁은 공간의 벽과 유리에 반사되어 몇 배 더 큰 갈등으로 자신에게 전달될 것이다. 그것은 옷을 잘 차려입고 만난 카페에서 듣거나, 편지로 전달되는 연애사와는 질적으로 다르다.

사르트르와 보부아르는 실존주의 철학이나 페미니즘 등과 함께, 계약 결혼과 파격적인 애정 행각으로 나의 이십대를 휘둥그레 하게 했던 사람들이다. 어쩌면 계약 결혼에 환상을 품었고, 또 그것을 실천했던 많은 사람들이 이 커플의 영향을 받았을 것이다.

그러나 엄밀한 의미에서 그들의 결혼은 결혼이 아니었으며, 그들의 사랑은 보통의 사랑은 아니었다. 둘은 공간을 함께 쓰지 않는 평생 연인관계였지, 부부 사이는 아니었으며, 남녀 간의 에로스적 사랑만도 아니었다. 둘이 즐긴 사랑은 대부분의 보통 사람은 도저히 도달할 수 없는 에로스와 필로스의 교차점이었고, 그런 의미에서 둘이 시도한 사랑은 너무 희귀한 예이다. 보통 에로스와 필로스는 교차점이 없거나 아주 작아 함께 설 수 없다는 게 정설이다.

그래도 이들의 사랑 방식을 추구하고 싶다면 먼저 갖추어야 할 조건이 있다. 제일 먼저 결혼이란 말에 무게를 두지 않아야 한다. 그래야 서로 독립된 공간을 확보할 수 있다. 그 다음 상대방의 고백을 통해 혹은 뜻하지 않게 알게 된 애정 행각에 철학적 해석을 하고, 그것을 객관화시켜서 소화할 능력을 갖춰야 한다. 그리고 무엇보다 이 희귀한 사랑을 함께 나눌 상대를 구할 수 있어야 한다. 그렇지 않으면 혈관의 대부분은 알코올로 채워지거나 뇌혈관이 터져버릴 것이며, 심장은 분노로 가득 차 석회처럼 굳어질 것이다.

누구나 알듯이 사랑은 사람 수 만큼이나 다양한 방식으로 존재한다. 그리고 아주 가끔 도달할 수 없는 영역에서 빛나는 별 같은 사랑도 있는 모양이다. 가보면 먼지나 암석 덩어리일지라도, 밤하늘을 수놓은 별은 보석보다 아름답고 유혹적이다.

그녀로 인해
맘껏 외로울 수 있었다

에드워드 호퍼

사랑하는 이가 곁에 있어도 외로울 때가 있다

에드워드 호퍼Edward Hopper (1882~1967)

산업화와 제일 차 세계 대전, 경제대공황을 겪은 미국의 모습을 잘 나타낸 리얼리즘 화가로 팝아트, 신사실주의 미술에도 큰 영향을 미쳤다. 주로 대도시 사람들의 고독을 그렸는데 작품 속의 도로나 길, 지붕 그리고 버려진 집 등을 쓸쓸한 분위기에 어울리지 않는 밝은 빛으로 묘사했다. 주요 작품으로 〈책을 읽고 있는 모델〉〈밤샘하는 사람들〉〈밤의 레스토랑〉〈두 가지 빛을 내는 등대〉 등이 있다.

그는 평생 평온하게 살았다. 많은 유명한 예술가들처럼 격렬한 사랑도 없었고, 구구절절한 삶의 애환도 없었다. 평범한 것은 입에 올리기가 쉽지 않은데 그의 사랑이, 삶이 그랬다. 그런데도 그는 어쩔 수 없이 벽에 뚫린 작은 구멍 같은 사람이다. 안을 들여다보고 싶게 만든다. 그의 그림을 보면 누구나 그럴 것이다.

에드워드 호퍼는 유복한 집안에서 자랐다. 조용했고 평범했다. 마흔 살이 될 때까지 결혼도 하지 않고 혼자 그림을 그리면서 검소하게 살았다. 파리에서 그림 공부를 했으나 화가로서 이름을 날리지는 못했다. 뉴욕에 돌아와 고정적인 수입을 위해 1924년까지는 주로 광고미술과 삽화용 에칭 판화들을 제작했다. 그러다 수채화를 그리기 시작했는데, 1924년 프랭크 K. M. 렌 갤러리에 전시한 그림이 전부 팔리면서 화가로서 전업할 수 있게 되었다.

개인전에서 성공을 거두고, 어느 정도 여력이 되자 마흔두 살이 되던 해에 두 살 아래인 조 니비슨Jo Nivison과 결혼한다. 조는 학교 동창이자 화가였는데, 호퍼와 만나기 전에 그녀의 작품은 몬드리안과 피카소의 작품과 나란히 걸릴 정도였다. 둘은 문학이나 영화, 미술 작품 등 서로 취향이 비슷했다. 하지만 어릴 때부터 키가 크고 마른 몸에 조용하고 외톨이였던 호퍼와 달리, 작은 키의 조는 외향적이었다.

사랑하는 이에게 간도 내주고 쓸개도 내줄 수 있지만,

도저히 손이 닿지 않는 부분이 있다.

그건 오로지 혼자 감당해야 하는 것이다.

호퍼는 결혼하고 자기만의 색깔을 갖기 시작하고, 작품 활동도 왕성해졌다. 결혼 후 가진 두 번째 개인전에서도 호퍼의 그림은 모두 매진되었다. 하지만 조는 달랐다. 조는 화가로서의 인생이 남편에 의해 무너져간다고 생각했다. 그녀는 같은 화가로서 남편인 호퍼에게 경쟁의식과 열등감을 갖고 있었다. 그럼에도 남편을 사랑했던 그녀는 기꺼이 모델이 됐고, 그의 작품세계에 대한 지원과 판매까지 도맡았다.

호퍼는 결혼하면서 자신의 작업실 옆에 아내의 작업실도 얻어주었지만, 조는 남편의 모델로 서는 날이 많았다. 일설에는 남편이 다른 여자를 모델로 쓰는 것을 달가워하지 않아서였다고 하지만, 어쨌든 호퍼의 그림 속에 있는 조의 모습은 전체적으로 쓸쓸하다. 그건 조의 쓸쓸함이며 호퍼의 쓸쓸함이다.

때때로 이 부부는 격렬하게 싸웠는데, 조가 우산대로 호퍼의 손을 후려친 적도 있다. 그녀의 이런 감정들은 일기장에 고스란히 드러났다. 뿐만 아니라 일기장에 호퍼의 작품에 관한 것도 꼼꼼히 기록해 전시회 때 연표로 사용할 정도였다.

그러나 이 부부는 대체로 평범했다. 다만, 남편의 모델을 자청하고, 호퍼의 모든 부분들을 기록하며, 함께 여행하고, 까다롭고 잔소리 많은 남편을 수용했던 조가 남편을 더 사랑했던 것 같다. 게다가 조용하고 변화를 좋아하지 않았던 호퍼는 사랑 표현 또한 그리 많지 않았을 것이다.

호퍼의 그림을 보면 대상을 세밀하게 관찰한 것은 물론이고, 삶을 깊이 있게 바라보았다는 걸 알 수 있다. 대체로 조용한 사람들은 관찰자의 입장에 서 있기 마련이다. 이런 사람들은 대중을 이끌고, 자신을 내세우는 사람들이 놓치는 것을 들여다보게 된다. 수줍어서 상대방 눈을 정면으로 쳐다보지는 못하지만, 조금 비켜서서 혹은 멀리서 조용하고 깊숙하게 응시한다. 도전적으로 정면을 바라보면서 쏟는 에너지를 안으로 수렴하여 되작거린다. 자연히 세상에 대한 오지랖이 좁아진 듯 보인다. 그러나 원하는 일에 에너지를 집중할 힘이 생기고, 생각은 웅숭깊어진다. 그의 그림이 전반적으로 쓸쓸한 것은 이런 그의 성향 때문일지 모른다.

때때로 조용하고 내향적인 사람이 작품에서는 폭발할 듯한 에너지가 뿜어나오기도 하지만, 그의 그림은 자신을 닮아 있다. 조용하고 쓸쓸하다. 아침 햇살도 쓸쓸하고 도시의 불빛도 쓸쓸하고 화려한 노을도 쓸쓸하다. 그러나 우울하지도 않고 불편하지 않다. 이십대의 좌충우돌 불안한 외로움이 아니다. 원숙한 쓸쓸함, 존재의 본질에 대한 쓸쓸함이다.

그래서일 것이다. 에드워드 호퍼는 조용하고 단아한 집의 담에 뚫린 작은 구멍처럼 사람을 은근히 자극한다. 어떤 사람이기에 이토록 안정적인 쓸쓸함을 화폭에 담을 수 있을까. 구멍 안에 그의 아내 조가 보인다. 그를 존경하고, 질투하는 화가이면서 팬이면서, 매니저이면서, 모델인 여자다. 그 여자를 앞에 놓고 에드워드 호퍼는 그림을 그린다. 유망한 화가였으나 화가로서 원하는 만큼 뜻을 펼치지 못하는, 자신을 존경하지만 한편으로 질투하는, 그러나 무엇보다 그를 사랑하는 아내다.

사랑하여 평생을 함께 살았으나
존재의 쓸쓸함은 어쩔 수 없었다.

사랑하는 이에게 간도 내주고 쓸개도 내줄 수 있지만, 도저히 손이 닿지 않는 부분이 있다. 그건 오로지 혼자 감당해야 하는 것이다. 호퍼는 손이 닿지 않은 곳에서 서로 상충되는 감정으로 들끓는 아내를, 한 인간으로 충분히 이해할 수 있는 화가를, 사랑하는 여자를 그린다. 호퍼 역시 아내 조를 사랑했을 테지만, 화가로서 갖는 그녀의 좌절감까지는 어쩔 수 없었을 것이다.

호퍼의 마지막 그림 〈두 코미디언〉을 보면 호퍼의 또 다른 쓸쓸함이 보인다. 무대 위에서 인사를 끝내고 막 들어갈 것 같은 두 남녀 배우 뒤로 깊은 심연이 있는 그림이다. 이 그림을 보고 있으면, 코미디언이 바로 호퍼 부부라는 생각이 든다. 이 그림에 대한 구구절절한 평은 전문가 몫이다. 다만 왜 배우가 아니고 굳이 코미디언일까, 하는 생각을 해본다.

대부분의 부부처럼 이들 부부도 사랑하고, 싸우고, 소리 치고, 아이가 없어 권태롭고 쓸쓸하기도 했을 것이다. 사소한 감정으로 골이 깊어져서 애증으로 들끓기도 했을 것이다. 그러나 어쨌든 호퍼의 마지막 작품인 이 그림을 보면, 조와 손잡고 살아온 모습으로 마침표를 찍고 싶었다는 호퍼의 생각도 엿볼 수 있다.

조도 호퍼가 죽고 1년이 안 되어 남편 뒤를 따라갔으니, 그녀도 혼자만의 쓸쓸함은 탐탁지 않았던 모양이다. 그렇더라도 이 두 코미디언은 사랑하여 평생을 함께 살았으나 존재의 쓸쓸함은 어쩔 수 없었다고 말하는 것 같다.

조용하고 내향적인 호퍼는 밖의 소란함보다 내면의 쓸쓸함에 귀를 기울였을 것이고, 그게 그의 그림에 드러난 존재의 쓸쓸함일 것이다. 그러니 아내 조가 없었더라도 그는 여전히 존재의 고독, 번화한 도회지에 떠도는 쓸쓸함을 그렸을 것이다.

그러나 조가 없었다면, 안정되고 편안한 쓸쓸함은 없었을 것이다. 조가 없었다면, 그는 등받이 없는 의자에 되똑하게 앉아 있었을 것이다. 그러나 그에겐 사랑하는 조가 있었다. 그랬기에 그는 푹신한 소파에 앉아 노을이 지고, 푸른 이내가 내리는 것을 보았으며, 길모퉁이 카페에 오래도록 불이 꺼지지 않는 것을 보았다. 그 옆에는 아직 김이 모락거리는 따끈한 차가 놓여 있다.

사랑한다면
이들처럼

앙드레 고르

일방적인 희생은 사랑을 고갈시킬 수도 있다

앙드레 고르Andre Gorz (1923~2007)

오스트리아 출신의 언론인이자 노동이론가, 포스트모던 사상가였다. 열여섯 살 때 독일군 징집을 피하기 위해 스위스 로잔으로 가 로잔 대학교 화학공학과를 졸업했다. 1946년 사르트르를 만난 이후 실존주의와 현상학에 관심을 갖게 되었다. 사르트르는 신좌파의 이론가로 '68혁명'에 큰 영향을 끼친 그를 가리켜 "유럽에서 가장 날카로운 지성"이라고 말했다. 1947년 도린 케어Doreen Keir를 만나 1949년에 결혼했다. 도린은 60년을 고르와 함께하며 '삶의 불안전성'에 맞서 싸우는 그의 버팀목이 되었다.

낙엽이 쌓인 길을 걷다, 비질 소리를 듣는다. 오랜만에 듣는 비질 소리와 낙엽 밟는 소리에 마음이 고즈넉해진다. 해는 뉘엿뉘엿 지며 발길을 재촉하는데, 낙엽 태우는 냄새가 온몸을 감싼다. 문득 사랑이란 말이 사무친다.

'사무치다'라는 말과 사랑이란 말을 함께 떠올려본 지가 언제였나…… 이 사무친 생각은 순전히 이 사람의 사랑 고백 때문이다. 사랑 고백이 이벤트가 되고, 인터넷이나 텔레비전에서 쇼처럼 쏟아져 나와도 이토록 절절하고 아름다운 고백은 처음이다.

당신은 곧 여든두 살이 됩니다. 키는 예전보다 6센티미터 줄었고, 몸무게는 겨우 45킬로그램입니다. 그래도 당신은 여전히 탐스럽고 우아하고 아름답습니다. 함께 살아온 지 쉰여덟 해가 되었지만, 그 어느 때보다 더 나는 당신을 사랑합니다. 내 가슴 깊은 곳에 다시금 애타는 빈자리가 생겼습니다. 오직 내 몸을 꼭 안아주는 당신 몸의 온기만이 채워줄 수 있는 자리입니다.

앙드레 고르가 아내 도린에게 보낸 편지의 앞부분이다. 그리고 긴 편지의 마지막 부분에 또 한 번 이 고백을 한다. 캐슬린 패리어의 노랫말과 함께. '세상은 텅 비었고, 나는 더 살지 않으려네.' 사랑으로 시작해서 사랑으로 끝내는 이 부부의 삶처럼, 남편 앙드레 고르가 아내 도린에게 보내는 편지 역시 사랑 고백으로 시작하고 끝난다.

얼핏 세상의 모든 부부가 사랑으로 시작해서 사랑으로 끝맺는 게 당연한 듯 보이지만, 이 축복은 나름대로 내공이 있어야 한다. 나이가 들면서 체감하는 게, 사랑으로 시작해서 사랑으로 끝맺는 게 쉽지 않다는 거다. 그래서 애틋하고 다정한 노부부를 보면, 예전엔 단순히 '보기 좋다'고 생각했지만, 지금은 '대단해' 보인다.

사실 막 사랑에 빠진 사람처럼 평생을 살 수는 없다. 당연히 앙드레 고르와 도린 역시 그러기도 했을 것이다. 60여 년을 살면서 풍파인들 없었으랴. 고르는 "당신을 사랑하는 나 자신을 사랑하지 않았던" 젊은 날의 오만을 사죄한다고 했다. 또한 자신의 결정적인 말투에 도린이 상처받았을 거라고 회고한다. 그 외에도 살면서 소소하게 부딪치는 일이 한두 가지랴마는, 이들 부부의 사랑이 각별했던 건 분명하다.

남녀 간에 사랑을 시작하는 것은 자연발화지만, 그것을 유지하는 것은 전혀 다른 개념이다. 그리고 사랑만큼 다양하다. 시간을 이기는 것은 아무것도 없다. 사랑도 그렇다. 때론 '장난감을 받고서 그것을 바라보고 얼싸안고 좋아하다가 기어이 부숴버리거나(부숴버리기까지는 아니어도 처박아두는), 내일이면 벌써 그것을 준 사람조차 잊어버리는 어린아이'와 같다. 그러니 시간이 가면서 어려운 고비가 생기고, 그 고비를 넘길 때마다 생기는 옹이는 기어이 애증이 되기도 한다.

그런데 쉰여덟 해를 함께 살고, 그중 23년을 아내를 간호하며 살았던 앙드레 고르는 인생의 말년에 어떻게 이토록 애틋한 사랑 고백을 할 수 있었을까.

우스갯소리로 하는 말 중에 '잡은 고기에 밑밥 주는 거 보았느냐'는 것이 있다. 말하자면 화장실 들어갈 때와 나올 때의 심정이 다른 것은 당연한 이치고, 사랑도 처음과 나중이 다른 것 역시 당연하다는 말이다. 아무리 농담이라도 느닷없이 하늘에서 뚝 떨어진 말은 아니다. 그만한 이유가 있어 회자되는 것이다. 하지만 익숙해짐과 무관심함을 구분하지 않겠다는 사람들 가슴에 앙드레 고르의 말이 비수처럼 꽂히길 바란다.

"결코 당신과 떨어져 살지 않겠다고 맹세하던 그때에서 멈춥니다. 그 '계획표'는 그때 완성되었지요. 그러고 나서는 악보에 나오는 늘임표 같았습니다." 앙드레 고르와 도린이 늘임표처럼 처음의 마음을 끝까지 유지하며, 혹은 유지하려 애쓰며 살 수 있었던 것은 무엇일까.

앙드레 고르의 고백을 몇 번이고 읽어본다. 여든둘의 아내에게 다시금 애타는 빈자리가 생겼다고 고백할 수 있는 사랑. 여전히 아내의 온기가 행복한 이 남자.

무조건적인 희생은 특별한 경우가 아니면 받을 것도,
줄 것도 못된다. 특히 남녀 사이에는.

사실 젊은 앙드레 고르는 결혼에 대한 환상 따윈 없었다. 오히려 결혼을 부르주아 계급의 제도라 생각했고, 가장 사적인 것을 사회화하고 법적으로 문서화하는 것이라며 회의적이었다.

뿐만 아니라, 결혼이란 종신 계약을 맺은 후 10년이나 20년이 지난 다음에 둘 중 누군가 그 계약을 원치 않을지 어떻게 아느냐며 망설이기도 했다.

그러나 이 남자는 쉰여덟 해를 산 아내에게 다시 절절한 사랑 고백을 하고, 급기야 그녀가 없는 세상은 텅 비었으니 살지 않겠다며, 침대에 나란히 누워 죽음까지 함께했다. 처음의 '계획표'를 60년 동안 잡아 늘여 결국 한 침대에서 마침표를 찍게 한 비결, 그건 '희생하지 않음'이 아닐까 싶다.

젊고 건강할 때에야 가난하든 부자든 각자의 영역에서 열심히 살면 희생이란 말은 당연히 필요 없다. 문제는 피치 못할 사정으로 어느 한쪽이 무너졌을 때이다. 이들 부부의 경우는 완치될 수 없는 도린의 병이었다. 게다가 도린은 전문가랍시고 자신을 수동적인 의약품 소비자로 바꾸어놓은 의사들에게 좌지우지될 생각이 없었다. 말하자면 얌전히 병원에 입원할 마음 따윈 없었다. 도린에게 찾아온 거미막염이라는 병은 도린이 디스크 치료를 받을 때 투입된 조영제가 원인이었으니, 당연한 선택일지 모른다.

결국 고르는 기자 일을 그만두고 도린을 간호하기 위해 시골로 거처를 옮긴다. 하지만 이로 인해 고르가 일방적으로 희생한 건 아니다. 이미 도린이 유방암을 치유할 때부터 둘은 생태주의와 기술 비판이라는 영역에 관심을 갖기 시작한 터였다. 둘은 시골에서 새로운 일을 찾아낸다. 생태주의 운동과 끊임없는 저술 활동이 그것이다. 23년간 시골에 살면서 앙드레 고르는 도린과 생각을 나누며 책을 여섯 권이나 내고, 짧은 글을 수백 편 발표했으며 수십 차례 인터뷰를 했다.

만약에 누군가 일방적으로 희생해야 했다면, 하는 입장이나 받는 입장이나 편치 않을 것이다. 무조건적인 희생은 특별한 경우가 아니면 받을 것도, 줄 것도 못된다. 특히 남녀 사이에는. 아마 고르가 오로지 자신의 모든 시간과 노동을 도린을 간호하는 데만 썼다면, 'D에게 보내는 편지' 따위는 없었을 것이다.

사랑 앞에 자신의 인생을 통째로 처박는 일은 오히려 사랑을 고갈시키는 행위다. 그것은 잘해도 끔찍하게 '위대한 희생'은 될지언정 '행복한 사랑'은 아니다. 서로가 모자라는 부분을 채워주며 사랑하는 것과 일방적인 희생은 분명 다르다. 남녀 간의 사랑은 독립적이지 않으면 지치고, 짜증난다. 그런 의미에서 '우리가 함께할 것들이 우리를 만들어갈 것'이라고 말한 고르의 말은 의미심장하다.

사랑하는 상대를 '본질적인 단 하나'라고 생각하는 사람이
얼마나 될까. 얼마큼 깊이 사랑해야 몇 십 년을 살고도
이런 생각을 할 수 있으려나.

무엇보다 이 부부가 늙도록 애틋한 사랑을 유지할 수 있었던 것은 상대를 생각하는 마음의 깊이 덕분이었을 것이다. "아무리 생각해도 내게 본질적인 단 하나의 일은 당신과 함께 있는 것이라고 썼지요. 당신이 본질이니 그 본질이 없으면 나머지는 당신이 있기에 중요해 보였던 것들마저 모두 의미와 중요성을 잃어버립니다. 20년간 일한 신문사를 떠나는 것이 내게도 다른 사람에게도 힘든 일이 아니라는 게 놀라웠습니다."

사랑하는 상대를 '본질적인 단 하나'라고 생각하는 사람이 얼마나 될까. 얼마큼 깊이 사랑해야 몇 십 년을 살고도 이런 생각을 할 수 있으려나. 이 깊이야말로 이들 부부가 '함께 만든 삶'의 한 표상이다.

사랑은 박수처럼 한 손으로 치는 게 아니니까. 고르는 도린과 함께 살면서 좋았던 일을 이렇게 말했다. "내게 필요한 시간을 마음대로 쓸 수 있게 놔두면서도 그렇게 오라고 부르는 것이 나

는 좋았습니다. 당신은 말하곤 했지요. 글을 쓰지 않고는 살 수 없는 사람과 살고 있다고. 또 작가가 되려는 사람은 홀로 되어 밤이고 낮이고 어느 때건 메모를 해야 한다는 것을 당신은 알고 있었습니다. 비록 펜을 내려놓은 다음에라도 글 쓰는 작업은 계속되며 밥 먹다가도 이야기하다가도 생각이 떠오르면 갑작스레 그 작업에 빠져들 수 있다는 것도 말입니다."

참으로 부러운 부창부수다. 그리고 정말 부러운 또 한 가지는 한결같음이다. "당신은 내가 몸과 마음 모두를 사랑할 수 있고 함께 있으면 깊은 공명을 느끼는 최초의 여자였습니다. 한마디로 당신은 나의 진정한 첫사랑이었던 것입니다. 만약 내가 당신을 진정으로 사랑할 수 없다면, 나는 결코 세상 어느 누구도 사랑할 수 없을 것입니다."

이렇게 시작한 사랑이 늙으면서 또 말한다. "우리가 시골로 내려와 산 지도 어느덧 23년이 되었습니다…… 우리가 처음 만났을 때처럼 나는 내 앞에 있는 당신에게 온 주의를 기울입니다. 그리고 그걸 당신이 느끼게 해주고 싶습니다. 당신은 내게 당신의 삶 전부와 당신의 전부를 주었습니다. 우리에게 남은 시간 동안 나도 당신에게 내 전부를 줄 수 있으면 좋겠습니다."

앙드레 고르와 도린이 함께한 사랑에 온몸이 따스하게 풀어진다. '사랑은 움직이는 것'이라는 유행어 따윈 듣도 보도 못한 잡스러운 말이라는 듯 살고, 온갖 풍파 뒤에 지긋지긋한 웬수(원수보다 얼마나 생생한가)가 되지 않는 이런 사랑이라면, 백일 동안 동굴에서 마늘만 먹으래도 먹겠다. 사무친 마음으로 천 일을 기다리래도 기다리겠다. 이 부부의 사랑은 1년 내내 촉촉한 봄비다.

사랑은 창호지에 천천히 스미는 아침 빛인지 모른다

어둠이 지나고 밝아오는 빛을 은근하게 받아들여,

방 안을 부드럽게 감싸는 이런 빛은 튀지 않으며 거북스럽지 않다

4 사랑에 머물다

그에겐
등대가 있었네

윈스턴 처칠

진정한 격려와 충고를 아끼지 않는 것이 사랑이다

윈스턴 레오나드 스펜서 처칠Winston Leonard Spencer Churchill (1874~1965)
제이 차 세계 대전을 승리로 이끈 영국의 수상이다. 그는 제이 차 세계 대전 중에 노동당과의 연립내각을 이끌고 루스벨트, 스탈린과 더불어 전쟁의 최고 정책을 지도했다. 이후 반소 진영의 선두에 섰으며 1946년 '철의 장막'이라는 신조어를 만들어 내기도 했다. 1955년 노령과 건강 쇠약을 이유로 총리직을 사임했으나, 같은 해 선거에서 여든네 살의 나이로 당선되는 기록을 세웠다. 작가이자 화가이기도 했던 그는 6년간 집필한 《제이 차 세계 대전》으로 노벨문학상을 수상했다.

정치가, 노벨문학상 수상자, 언론인, 골초, 아마추어 화가, 연설가, 역사학자, 그리고 대단한 유머의 소유자. 처칠의 이름 앞에 붙을 수 있는 수식어 중 일부다. 그는 명문가의 자제였고, 20대에 이미 하원의원이었으며, 서른에 통상장관이 되었다. 제이 차 세계 대전의 수렁에서 영국을 건졌으며, 두 번이나 영국 총리를 지낸 그를 〈타임〉지에서는 20세기의 가장 위대한 인물로 선정했다. 또 왕족이 아니면서도 '국장'으로 화려하게 저승길을 갔으며, 신하의 장례식에 왕이 가지 않는 전통을 깨고 여왕이 그의 마지막 길을 배웅했다. 참 대단하고 부족한 게 없는 인생처럼 보인다. 그러나 윈스턴 처칠은 평생 풍랑 치는 바다에서 살았다.

처칠의 아버지는 팔삭둥이에 허약하고 학습 지진아인 아들에게 냉담했다. 항상 그를 가문의 수치로 여겼고, 어린 그에게 많은 상처를 주었다. 어머니 또한 소비와 사교에만 힘쓰느라 어린 처칠을 기숙학교에 보내고 돌보지 않았다.

처칠은 내무장관, 해군장관, 재무장관 등 내각의 요직을 두루 거쳤으나, 많은 실패로 점철되었다. 제일 차 세계 대전 중 해군장관이던 그는 다르다넬스 작전 실패로 20여 만 명의 사상자를 냈고, 재무장관 시절에는 무리하게 제일 차 세계 대전 전의 금본위제도를 환원시켜서 대공황이라는 악몽을 불러왔다. 자녀들 또한 그의 주변에 이는 거친 풍랑이었다. 막내딸이 두 살 된 해에 패혈증으로 죽었고, 아들 랜돌프와 딸 사라는 알코올 중독자로 인생을 마감했다.

사방이 어둡고, 풍랑은 거셌다. 심지어 풍랑을 헤쳐 나가는 자신의 배조차 스스로 '블랙 독'이라 명명했던 우울증으로 자초하고픈 욕망에 시달렸다. 다행히 그의 배에는 긍정적인 생각과 유머가 늘 실려 있었다. 그리고 또 하나, 그를 향한 등대가 24시간 불을 밝힌 채 기다리고 있었다.

처칠은 클레멘타인 호지어Clementine Hozier와 금방 사랑에 빠졌다. 당시 장관이었던 그로서는 좀 더 부유하고, 정치적 배경이 되어줄 든든한 집안의 딸과 만날 수 있었다. 하지만 그는 클레멘타인에게 반했고, 결혼했다. 그러나 둘은 여러 면에서 닮은 점이 없었다. 클레멘타인이 여성 참정권 옹호론자인 반면 그는 여성의 권리 자체를 인정하지 않는 사람이었다. 또 가난한 귀족이었던 그녀는 비사교적이고 검소한 반면 그는 소비성향이 강했다. 또 그녀는 매사에 꼼꼼한 완벽주의자였지만 그는 매사에 덜렁댔다. 게다가 그녀는 순종적인 성격이 아닌 반면 그는 가부장적인 사고의 소유자였다. 사소한 것, 예를 들면 잠자리에 들거나 일어나는 시간, 아침을 먹느냐 마느냐 하는 자잘한 것까지 둘은 달랐다.

한 공간에서 함께 살며 부딪치며 사랑하는 이들에겐

커다란 상자가 필요하다.

그 상자에 자존심의 상당 부분을 떼어놓아야 한다.

사랑이든 우정이든 의외로 사소한 것이 큰 문제가 되곤 한다. 코웃음을 칠 만큼 아주 사소한 일에서 금이 가고, 그 작은 흠집에 감정과 자존심이 잔뿌리를 내리면 어느 새 커다란 골이 된다. 그래서 사랑하는 사람들, 특히 한 공간에서 함께 살며 부딪치며 사랑하는 이들에겐 커다란 상자가 필요하다. 그 상자에 자존심의 상당 부분을 떼어놓아야 한다. 때때로 이 자존심은 떼어진지 모르게 슬쩍 떼어지고, 그게 자연스러우며 기껍고, 행복하기도 하다.

그러나 어느 순간 잘린 자존심은 상처가 되고, 화가 되며 분노가 된다. 우스운 건 이 자존심이 거창한 무엇이 아니라는 거다. 식탁에 올라오는 반찬의 종류가 되기도 하고, 화장실을 사용하는 방법이 되기도 한다. 그래서 남들 눈에 유치해 보이는 사랑은 닭살 돋는 애정 행각 때문만은 아니다. 금이 가는 일 역시 유치한 일에서 발단이 된다.

'사랑'이 일상사와 부딪칠 때, 사랑이란 추상 역시 구체적인 일상사의 일부가 된다. 심지어 상당 부분의 낭만도 유보된다. 그런데 다행인지 불행인지, 사소한 것 하나부터 열까지 너무도 달랐던 처칠 부부는 정치적인 문제와 두 번의 세계 대전으로 적지 않은 날들을 떨어져 지냈다. 그럼에도 둘은 56년간 사랑했다. 심지어 처칠은 클레멘타인을 사랑하여 결혼한 것이 얼마나 잘한 일인지를 공공연히 드러냈다. "나는 수많은 정치적 판단과 외교적 결정을 내려야 했는데, 그 가운데 가장 잘했던 것은 내 아내에게 프러포즈한 것이다."

이 말은 단순한 수사가 아니었다. 떨어져 있는 거리와 시간을

1,700개가 넘는 노트와 편지, 전보, 메모로 자신의 생각과 사랑을 전달했다. 그러면서 낭만과 이해와 격려와 애틋함은 오히려 깊어졌을 것이다.

접촉하지 않는 사랑, 일상이 배제된 사랑은 사랑 자체를 사랑하는 추상이며, 타자를 보며 자신을 사랑하는 자기애의 한 종류다. 그래서 부딪치며 갈등하는 사랑보다 훨씬 순도가 높다. 더욱 애절하고, 아름다우며, 순결하다. 그러나 그것은 완벽한 사랑이라 말하기 어렵다. 그 한 예가 발자크다.

발자크는 유명한 프랑스 사실주의 소설가다. 그는 잘생겼으며 명망 있는 작가였기 때문에 사교계의 총아였다. 실제로도 많은 여자와 염문을 뿌렸다. 그는 팬들로부터 편지도 숱하게 받았다. 그런데 그 편지 중 발자크를 사로잡은 편지가 있었다. 우크라이나에서 날아온 에블린 한스카의 편지였다. 에블린 한스카는 부유한 지주와 결혼한 젊은 여자였다. 둘은 자주 편지를 주고받으며 친구가 되었다. 그러는 와중 그녀가 프랑스로 여행을 왔다가 잠깐 발자크를 만난다. 발자크는 그녀를 본 순간 한눈에 반했다. 그 이후로 스위스에서 두 번째 만나고 둘은 사랑에 빠진다. 하지만 그녀는 유부녀 아닌가. 다만 희망은 한스카의 남편이 나이가 많아 오래 살지 못할 거라는 거였다. 둘은 편지로 열렬히 사랑했고, 갈망은 커졌다. 그렇게 10년을 사랑하고 나서야 늙은 지주가 죽었다.

10년 동안 발자크는 자신의 사랑을 편지에 쏟아 부었고, 이는 자신의 문학적 토양이 되기도 했다. 문제는 남편이 죽었어도 한스카가 선뜻 발자크에게 달려오지 않은 것이다. 그때 발자크는 사업에 실패하고 빚만 잔뜩 있는 상태였다. 발자크는 자신의 처지를 개선하기 위해 밤낮을 가리지 않고 글을 썼으며, 편지로 한스카를 설득했다. 그 기간이 또다시 8년이었다. 결국 둘은 결혼하지만 이미 글을 쓰느라고 건강이 망가진 발자크는 겨우 5개월의 결혼 생활을 했을 뿐이다. 그것도 병자로.

발자크가 한스카에게 쏟아 부은 사랑에는 일상의 생활이 없었다. 의식주를 비롯한 모든 것이 언어만으로 교환됐고, 사랑 역시 언어에만 있었다. 만약 발자크가 한스카를 그가 드나들던 사교계에서 만났더라면 어땠을까.

사랑은 눈빛만으로도 시작할 수 있지만,
눈빛만으로는 함께 늙어갈 수 없다.

처칠과 클레멘타인 사이에는 치열한 일상의 생활도 있었고, 낭만과 진솔함을 주고받을 수 있는 편지도 있었다. 그랬기에 클레멘타인은 처칠의 반려자 이상의 정치적 동지이자 안식처였고 최고의 친구였다.

그러나 클레멘타인이 처음부터 이토록 사려 깊은 여자는 아니었던 것 같다. 처음 클레멘타인은 처칠이 일 때문에 자주 집에 들어오지 않자, 바로 코앞에 사무실이 있는데도 매일 자신에게 편지를 쓰라고 한 걸 보면 말이다. 평범하게 남편의 사랑에만 기대거나 징징거리며 사랑을 확인하는 여자일 수 있었다. 그러나 서로의 속마음을 털어놓을 수 있는 수많은 편지와 노트로 인해 둘은 평범한 부부 이상의 사랑을 키울 수 있었다. 그랬기에 온갖 풍파로 편할 날이 없었던 처칠이, 클레멘타인에게 청혼한 게 가장 잘한 결정이라고 말을 할 수 있었다.

클레멘타인이야말로 세상에서 가장 고단했을 처칠을 향해 등댓불을 밝히며 기다려준 안식처였으며, 중요한 고비마다 격려와 진정한 충고를 아끼지 않은 친구였다. 다음의 에피소드를 보면 부부가 얼마나 사랑했는지 알 수 있다. 아마 친구 같기만 한 사이였다면 이런 일은 없었을 것이다.

처칠이 루스벨트와 국운을 건 회담을 진행하고 있을 때 그는 건강이 악화돼 큰 부담을 느끼고 있었다. 그때 클레멘타인은 회담장에 쪽지를 보냈다.

저는 마사지를 받고 있습니다. 당신이 집에 들어오시면 다시 회춘한 상태는 아니더라도 완전히 새로워진 아내를 발견하게 될 것입니다.

사소한 것부터 커다란 생각까지 달라도 너무 달랐던 이 부부가 끝까지 사랑할 수 있었던 가장 큰 힘은 바로 소통이었다. 그들이 56년간 살면서 서로에게 보낸 노트와 쪽지, 편지와 전보, 메모에는 자신뿐만 아니라 상대방에 대한, 가족과 세상에 대한 이성적 생각은 물론 희노애락애오욕이 빽빽했을 것이다. 둘은 머릿속부터 가슴속까지 속속들이 알고 사랑했으며 연민했을 것이다. 사랑은 눈빛만으로도 시작할 수 있지만, 눈빛만으로는 함께 늙어갈 수 없다.

사랑의 인사

에드워드 엘가

사랑은 누군가에겐 삶 자체일 수도 있다

에드워드 엘가Edward Elgar (1857~1934)

〈사랑의 인사〉로 친숙한 영국의 작곡가이다. 가톨릭교회 오르간 연주자의 아들로 태어나 한때 아버지의 뜻에 따라 법률가의 길을 걸었으나, 음악에 대한 집념을 버리지 못해 독학으로 각종 악기의 연주법과 작곡법을 배웠고, 아내의 격려로 뒤늦게 작곡을 시작했다. 1899년에 영국에서 발표한 〈수수께끼 변주곡〉은 그에게 작곡가로서의 명성을 얻게 해주었다. 오라토리오 〈제론티우스의 꿈〉으로 당대 최고의 작곡가였던 시트라우스에게 인정받았으며, 준 남작 작위를 받았다.

클래식을 잘 모르는 사람도 엘가의 〈사랑의 인사〉를 들으면 "아 그 곡" 할 것이다. 결혼식장에서 또 연주자들의 앙코르 곡으로 자주 연주되는 곡이다. 소박하고 사랑스럽기 때문이다. 엘가 역시 이 곡을 작곡하고 자신의 연인에게 바칠 때 그런 마음이었다.

지구에 있는 모든 유형·무형의 것들은 시간의 지배를 받는다. 사랑 역시 그렇다. 시간이 가면서 변화한다. 거의 대부분이 희미해지거나 낡고 초라해진다. 또 너무 익숙해져서 오래 사용한 약처럼 내성이 생기기도 한다. 그래서 더 이상 상대방의 숨결이 사랑스럽지 않고, 목소리가 달콤하지 않다. 그러니 뜨거운 마음으로 결혼식장에서 엘가의 〈사랑의 인사〉를 들었더라도, 훗날 '이 곡을 어디에서 들었더라' 하며 가물거릴 뿐이다.

엘가의 사랑 역시 지구에서 일어난 일이다.

사랑 역시 시간이 가면서 변화한다.

또 너무 익숙해져서 오래 사용한 약처럼 내성이 생기기도 한다.

그래서 더 이상 상대방의 숨결이 사랑스럽지 않고,

목소리가 달콤하지 않다.

엘가는 악기점을 운영하는 피아노 조율사 아버지 덕에 음악을 일찍 접했다. 그는 아버지 가게 안에 있는 악기들을 모두 다루어보며, 독학으로 음악을 공부했다. 한때 런던에서 바이올린 레슨을 받은 적이 있긴 하지만, 가난해서 계속 공부를 할 수는 없었다. 그는 열다섯 살이 되면서 아버지의 권유로 변호사 사무실에서 일을 하기도 했다. 하지만 다시 음악으로 돌아온다. 틈틈이 작곡을 하고 피아노 레슨을 한다. 그리고 이십대 후반에는 아버지처럼 성 조지 교회의 오르가니스트로 일한다. 이때 아내 캐롤라인 앨리스 로버츠Caroline Alice Roberts를 만났다.

앨리스는 기사 가문의 딸로 엘가보다 아홉 살이나 많았다. 그녀는 소설과 시에 재능이 있었고, 합창 대원이었다. 그런 그녀가 엘가에게 피아노 레슨을 받으러 온다. 레슨을 받으며 그녀는 가난한 이 시골 작곡가를 사랑하고 1889년 이들은 결혼에 이른다. 엘가는 천재도 아니었고, 음악 교육을 제대로 받은 것도 아니었다. 작곡을 하긴 했지만 그다지 신통치 못했다. 하지만 앨리스는 엘가가 시골 교회의 오르가니스트로 머물기엔 아깝다고 생각했다.

앨리스는 엘가에게 보다 적극적으로 작곡하기를 권했다. 그러나 소심한 데다 자존심은 강하고, 천재도 아닌 이 남자는 금방 좋은 곡을 쓸 수 없었다. 그래도 앨리스는 엘가를 격려하고 작곡할 수 있도록 힘을 주었다. 하지만 엘가가 위대한 작곡가의 반열에 오르기까지는 너무 긴 무명의 시간을 보내야 했다. 만약 아내 앨리스의 지속적인 격려와 사랑이 없었다면 물려받은 약간의 재능에 시달리며, 시골 교회 오르가니스트로 생을 마쳤을 것이다.

엘가는 결혼 기간에 자신의 작품 대부분을 작곡했다. 약혼 선물인 〈사랑의 인사〉를 시작으로, 엘가에게 매우 중요한 작품인 〈프로와사르 서곡〉을 결혼 1년 만에 작곡했다. 또 결혼 3주년 기념 선물로 〈현악을 위한 세레나데 작품 20번〉을 바쳐 사랑이 완성되어가는 과정을 노래했다. 결혼하고 10년이 지난 즈음엔 〈수수께끼 변주곡 1번〉을 아내에게 바쳤는데, 이 곡이 작곡가로서 엘가의 이름을 널리 알린 곡이다. 이때 엘가의 나이 마흔

둘이었으니, 얼마나 오랫동안 무명 작곡가였는지 알 수 있다.

어린 시절, 주소 없이 자신의 이름만으로 우편물을 받아볼 수 있을 정도로 유명한 사람이 되겠다는 꿈을 가진 남자, 그런데 소심한 데다 자존심은 강하고, 천재도 아니었던 이 남자에게 긴 무명 생활은 얼마나 불안하고 우울했을까. 하지만 이 어려운 시기에 앨리스가 있었다. 그랬기에 수수께끼 변주곡이 성공을 거두어 여러 곳에서 연주가 되었을 때 "브라우트Braut (엘가가 붙여준 앨리스의 애칭)가 이 곡을 만드는 데 정말 막대한 도움을 주었습니다"라고 기쁘게 말할 수 있었다.

엘가는 1899년 〈수수께끼 변주곡〉을 시작으로, 1900년 〈제론티우스의 꿈〉, 1901년 일생에 단 한 번 나올 수 있는 곡이라 자부했던 〈위풍당당 행진곡〉 등을 연이어 발표했고 성공했으며, 버밍엄의 새로 생긴 대학의 교수직까지 맡았다. 이제 그는 작곡가로서 정상의 위치에 오른 것이다.

그러나 탄탄대로 성공의 길만 간 것은 아니었다. 작곡가로서 성공했지만, 그토록 쓰고 싶어 했던 교향곡은 여전히 쓸 수 없었고, 페스티벌을 위해 계획했던 오라토리오는 실패했으며, 몇 개의 작품을 더 썼으나 신통치 않았다. 게다가 제일 차 세계 대전은 엘가에게 심적 부담감을 주었다. 그야말로 슬럼프였다. 이

때 앨리스가 결단을 내린다. 서섹스의 작은 오두막으로 거처를 옮긴 것이다. 엘가는 국가로부터 최고 훈장인 공로 훈장을 받는 영광을 누렸고, 1912년엔 런던의 고급 저택으로 이사를 했었다. 때때로 익숙하지 않은 부는 예술가의 혼을 시들게 한다. 앨리스가 결단을 내린 것도 푹신한 소파에서 조는 엘가의 영혼을 깨우기 위함이었다.

작은 오두막으로 옮긴 후 엘가는 자연 속을 산책하며 새롭게 충전을 한다. 1918년의 〈바이올린 소나타〉와 1919년의 〈첼로 협주곡〉은 바로 이 오두막에서 작곡한 걸작들이다. 특히 〈첼로 협주곡〉은 엘가를 구세대 작곡가로 전락할 위기에서 구해준 작품이다. 하지만 〈첼로 협주곡〉이 초연된 5개월 후에 아내 앨리스가 죽는다. 안타까운 것은 앨리스의 죽음이 곧 작곡가 엘가의 죽음이기도 했다는 것이다.

앨리스는 엘가에게 뮤즈였다. 엘가가 작곡가로서 명성을 떨친 곡, 〈수수께끼 변주곡〉은 앨리스에게 영감을 받은 곡이었다. 1898년 어느 날, 엘가는 피아노 앞에 앉아 공상에 빠져 있다가 무심코 피아노를 쳤다. 그때 앨리스가 그 선율이 좋다며 다시 쳐보라고 부탁한다. 엘가는 아내를 즐겁게 하기 위해 그 멜로디를 친구들이라면 어떻게 했을까 생각하며 즉흥적으로 변주하여 연주했다. 이듬해 그는 이 작품을 관현악곡으로 편곡해 발표했는데, 그게 바로 〈수수께끼 변주곡〉이다. 모두 14개로 이루어진 이 변주곡에서 제1변주(리스테소템포-같은 빠르기로)가 'C.A.E.'(캐롤라인 앨리스 엘가)이고, 제14변주(피날레: 알레그로 프레스토- 빠르게 매우 빠르게)는 'E.D.U.'(앨리스가 엘가를 부르는 별명)이다. 그리고 나머지 2번부터 13번까지는 친구들의 이름이 붙어 있다. 즉, 엘가가 명실상부한 작곡가로 유명세를 떨친 이 곡은 앨리스와 엘가가 처음과 끝을 장식한 곡이다. 마치 앨리스가 괄호를 열고 그 안에 친구들을 초대하고 엘가가 괄호를 닫은 듯한 구성이다. 즉, 사랑하는 아내이며 뮤즈였던 앨리스와 엘가가 살아온 방식과 같다. 지나고 보니 그렇다.

꽃을 피우고, 열매를 맺으며, 알맞게 익었다가 숙성이 되고,
식초가 되고, 다시 알코올로 변하면서
전 과정이 맛있게 유지되는 사랑도 있는 법이다.

하나를 보면 열을 알 수 있다. 사랑이, 아내 앨리스가 엘가에

게 무슨 의미였는지. 엘가의 멋진 음악들은 앨리스와 사랑으로 탄생된, 이인삼각 작품이었다. 결국 엘가에게 본격적으로 작곡을 권유했던 여는 괄호이며, 뮤즈이며, 삶의 지주였던 앨리스가 죽은 뒤, 엘가는 이렇다 할 작품을 쓰지 못한다.

사랑은 누군가에게 잠시 스치는 바람일 수도 있지만, 누군가에겐 삶 자체일 때도 있다. 인간이 사는 데 있어, 사랑이 5대 영양소가 아닐지는 모르지만, 생명을 유지시키는 필수 영양소일 때도 있다. 음악가 엘가처럼. 엘가에게 앨리스 없는 15년은 고독 그 자체였다.

엘가의 사랑 역시 이 지구에서 일어나는 일이라 시간을 거스르지는 못했다. 하지만 꽃을 피우고, 열매를 맺으며, 알맞게 익었다가 숙성이 되고, 식초가 되고, 다시 알코올로 변하면서 전 과정이 맛있게 유지되는 사랑도 있는 법이다. 엘가의 사랑은 이토록 맛있게 숙성되는 포도였다. 그런 사랑이 어느 날 사라졌을 때, 삶의 근간이었던 창작의 에너지 역시 시간 밖으로 사라졌다.

안개 숲에서
만나다

마르틴 루터

막막한 삶, 그래도 사랑이 있어 살 만하다

마르틴 루터Martin Luther (1483~1546)

로마 가톨릭 교회의 신부로서 교회의 부패를 비판하고 로마 가톨릭 교회의 교리와 전통을 논박하고, 성서가 가지고 있는 기독교 신앙에서의 유일한 권위와 하나님의 은혜를 통한 구원을 강조했다. 면죄부 판매에 '95개조 논제'를 발표하여 교황에 맞섰는데, 이는 종교개혁의 발단이 되었다. 그의 활약으로 유럽의 중북부 지역에서 종교개혁이 급속히 진행됐고, 독일에서는 루터파 교회가 로마교회를 대신하게 되었다. 1525년 주변의 반대를 무릅쓰고 종교적 신념을 내세우며 전직 로마 가톨릭 교회 수녀 카타리나 폰 보라Katharina von Bora와 결혼했다.

삶은 안개 속을 걷는 것과 같아서 뜻하지 않은 일들이 불쑥불쑥 나타나곤 한다. 그래도 평범한 사람들에겐 고만고만한 복병이 나타나기 마련이다. 어쩌면 그래서 평범하다고 하는지 모르겠다. 그러나 때로 어떤 이들은 의도와 상관없이 자기 인생뿐만 아니라, 주변 혹은 세계를 엉뚱한 방향으로 흘러가게 하는 속수무책인 일을 만나곤 한다. 마르틴 루터의 경우도 그랬다.

루터는 애초에 사제가 될 생각은 없었다. 광부였던 아버지는 아들이 법률가가 되길 바랐고, 그는 아버지의 뜻에 따라 법률 공부를 했다. 그런데 방학을 마치고 다시 학교로 돌아가는 중에 무시무시한 벼락이 바로 옆에 떨어지는 사건이 생겼다. 겁에 질린 루터는 땅에 엎어지며 광부들의 수호성인에게 빌었다. "성 안나시여, 나를 도우소서! 저는 신부가 되겠습니다!" 그렇게 해서 신부가 되었건만, 그는 결국 교단의 부패에 항거하다가 파

문당했으며, 결국엔 종교개혁의 시발점이 되었다. 그가 전혀 의
도하지 않았으나 그렇게 되어버린 것이다.

사랑은 창호지에 천천히 스미는 아침 빛인지 모른다.
어둠이 지나고 밝아오는 빛을 은근하게 받아들여,
방 안을 부드럽게 감싸는 이런 빛은 튀지 않으며 거북스럽지 않다.

그런 그에게 또다시 엉뚱한 일이 찾아오는데, 그게 바로 결혼
이다.

중세 여성들이 교육의 기회를 가질 수 있고, 자신의 모습을
사회에 알릴 수 있었던 거의 유일한 방법은 수도원에 들어가는
길이었다. 수녀들은 하나님이 자신들에게 공적으로 말할 수 있
는 권위를 주었다고 주장했다. 그러나 수도원은 규율도 엄격하
고 외부와의 소통은 쉽지 않았다. 게다가 아무나 들어갈 수 없
었다. 엄청난 기부금이 필요했기 때문에 주로 귀족 가문의 자제
만 가능했다.

그런데 수도원 중에서도 역사가 깊은 시토교단의 수도원에

당돌한 젊은 수녀 여섯 명이 있었다. 그들은 자신들을 은밀히 빼내어 그리스도의 신부(수녀가 되는 일은 '신비한 혼인'으로 비유된다)라는 위치에서 벗어나게 해달라고 부모와 친척들에게 간청했다. 하지만 그 일은 무위로 끝나고 말았다. 이 이야기를 들은 마르틴 루터는 친구들과 공모하여 이 여섯 명의 수녀를 은밀하게 빼돌린다. 그리고 각각 맞는 짝을 찾아 결혼까지 주선한다. 그런데 그중 결혼하기로 약속했던 남자 하나가 막판에 마음을 바꾸는 바람에 한 수녀가 남게 된다. 카타리나 폰 보라가 그녀다.

루터가 결혼하겠다고 했을 때 아버지를 제외한 주변의 모든 사람들이 반대를 했다. 그들은 루터가 결혼하면 온 세상과 마귀가 웃을 것이며, 그가 이루어놓은 교회 혁명에 관한 모든 일이 수포로 돌아갈 것이라고 했다. 그러나 루터는 자신의 결혼이 단순히 욕정에 빠져서가 아니며, 자손을 남겨 사탄의 공격에 대항하기 위해서라고 설명했다. 결혼하면서 사탄까지 운운하는 걸 보면, 주변의 반대도 반대려니와 여전히 가톨릭 신부였던 사람에게 남아 있었을 내면의 갈등을 엿볼 수 있다.

더구나 그 무렵 독일은 농민혁명으로 뒤숭숭했다. 농민혁명은 곧 세속 권력에 우위권을 쥐고 있던 교황에 대한 도전을 의미하는 것이기도 했다. 처음에 루터는 이들에게 동조했으나, 나

중에는 복음을 독재 체제로 왜곡시키려는 사탄의 공격이라 판단하고 영주들에게 강경 진압을 요구했다. 이런 와중이었으니 동료들의 걱정은 당연했다. 또 당시에는 파문당한 성직자들에 대해서는 부정적인 생각들이 꽤 많았는데, 그중 하나가 신의 징벌로 머리가 둘 달린 괴물을 낳는다는 미신이었다. 실제로 이런 미신에서 루터 부부도 자유로울 수 없었다. 더구나 이들 부부는 양쪽 다 성직자 출신이었다. 그래서 그들은 첫아이가 태어났을 때 정상이라는 소리를 듣고 매우 안심하고 기뻐했다. 얼마나 기뻐하고 안심했는지 탄생 이후 둘은 다섯 명의 아이를 더 낳았다.

귀족 출신으로 노동과는 거리가 멀었지만 카타리나 폰 보라는 야무지게 집안일을 해내는 주부가 되었다. 그녀는 정원을 꽃이 만발하는 아름다운 곳으로 만드는 전형적인 주부였지만, 현실적인 감각도 있었다. 루터가 자존심을 세우며 추기경이 보낸 결혼 축의금을 돌려보내자 그녀는 몰래 사람을 보내 기어이 그 돈을 다시 받아오기도 했다. 루터가 자존심 강한 설교자이며 혁신가의 삶을 살 때, 그녀는 자존심 대신 가족의 안락을 염려했던 것이다. 돈 버는 일에 무능한 남편의 자존심을 지켜주며 조용히 내조하는 아내와 명예와 대의를 위해 활동하는 남편의 모습, 우리네 할머니대의 삶을 보는 것 같지 않은가. 서로 얼굴도 모른 채 결혼해서 평생 자식 낳고 큰 갈등 없이 존경하고 사랑하며 살아온 부부 말이다.

사랑과 결혼이 꼭 순차적으로 이루어지는 건 아닌가 보다. 결혼해서 사랑하기 시작하는 사람들도 많은 걸 보면. 더구나 조금만 세월을 거슬러 올라가면 많은 부부들이 이렇게 살아왔다. 이런 사람들에게 사랑은 창호지에 천천히 스미는 아침 빛인지 모른다. 어둠이 지나고 밝아오는 빛을 은근하게 받아들여, 방 안을 부드럽게 감싸는 이런 빛은 튀지 않으며 거북스럽지 않다. 때로 있는 것조차 잊을 정도로 자연스러우나 잠시 그늘을 드리우는 구름도, 바람에 일렁이는 나뭇가지도 다 눈치 챌 수 있을 정도로 섬세하다.

열정이 아니면 사랑처럼 보이지 않는 이들에게 이런 사랑은 밋밋하고 맨송맨송할 것이다. 때때로 이런 사랑을 공기처럼 인식하지 못하고 엉뚱한 열정에 빠지기도 한다. 그러나 열정은 용광로처럼 에너지가 끓어 넘치지만, 이런 사랑은 연탄불로 데워지는 아랫목 같다. 열정적인 사랑은 밤하늘에 터지는 불꽃놀이 같아서 아름답다. 오로지 불꽃에만 집중한다. 멋지다. 화려하다. 어느 한때든 이토록 온 힘을 다해 하나의 상대방에게 집중하고 모든 걸 바칠 수 있는 사랑을 못해 본다면 일평생 2퍼센트 부족한 삶처럼 허전할 것이다.

그러나 느리고, 있는 듯 없는 듯하며, 화려하지 않은 사랑의 미덕은 참 많다. 주위를 둘러보고, 자신을 되짚어보며 관계를 천천히 눈여겨보고, 재정비할 수도 있다. 열정적인 사랑은 용광로 안에 많은 것, 심지어 태우지 않아야 할 것까지 태우지만, 아랫목 같은 사랑은 뭉근하게 끓인 사골처럼 속에 있는 것들을 천천히 우려낸다.

인생이 아무리 두터운 안개 숲길이어도,

안개 너머에서 뭐가 튀어나올지 몰라 두려울지라도,

혼자보다 둘이 외롭지 않을 것이다.

가끔, 자아는 사랑 안에서 숨죽일 때가 있다. 그리하여 지나치게 독립적이고 자아가 강한 여성들을 사랑에 떨게 하고, 움츠리게 한다. 또 요즘 신조어를 탄생시킨 사람들, 초식남 역시 사랑과 자아의 병행을 어려워하는 사람들이다. 사랑의 광풍에 자신의 모든 것이 휩쓸려 갈까, 용광로 같은 사랑이 자신까지 몽땅 태워버릴까 두려운 사람들이다. 말하자면 삶에서 안개 지대를 최대한 많이 거둬내려는 이들이다. 자신의 생각대로 행할 수 있는 범위 내에서만 행동하려는 사람들이다. 가장 불안정한 삶의 원소인 사랑이 개입되면 그렇잖아도 안개 숲길인 삶이 더욱 불안하거나 귀찮아질 일이 많아질까 겁내는 이들이다.

그러나 팔짱을 끼거나 어깨동무를 하고 걷는 그 밀착점을 희생이나 자신을 포기하는 것으로 인식하지 않았으면 좋겠다. 사랑을 화학적 결합으로만 여긴다면, 그리하여 사랑하는 지점에서 자신이 사라진다고 생각한다면 불행하다. 사랑은 화학적 결합과 물리적 결합의 조화다. 어떤 부분은 상대방과 결합하여 새로운 것이 탄생하기도 하지만 많은 부분에서는 물리적 결합이다.

루터처럼 안개 긴 삶의 저편에서 삶의 방향이 송두리째 바뀌는 황당한 것이 불쑥불쑥 튀어나오는 경우도 있다. 손톱만큼도 생각해보지 않은 삶이 불쑥 그 앞에 찾아왔지만, 루터는 여전히 절대 무적처럼 보이는 단체에 대항했고, 종교에 대한 자신의 진지하고 무거운 견해를 펼쳤으며, 세상까지 바꾸었다.

인생이 아무리 두터운 안개 숲길이어도, 안개 너머에서 뭐가 튀어나올지 몰라 두려울지라도, 혼자보다 둘이 외롭지 않을 것이다. 오히려 사랑은 안개 숲을 걷는 데 행복한 동반자가 되지 않을까. 루터 부부의 사랑처럼 스미듯 조용한 것이든, 자신의 전 인생을 들썩이게 하는 요란한 것이든 사랑은 하고 볼 일이다.

카타리나 역시 수도원에서의 창백한 자아보다 거리에서 찾은 복숭아 빛 사랑이 더 달콤했을 것이다. 안개가 습하다고 무작정 걷어내다 보면 너무 건조해질 수도 있다.

스릴러를 사랑한
남자의 사랑

알프레드 히치콕

평범한 사랑이 가장 어렵다, 그래서 가장 아름답다

알프레드 히치콕Alfred Hitchcock (1899~1980)

스릴러 영화라는 장르를 확립한 영화감독이다. 화면과 화면을 결합하는 편집 기교 면에서 다른 사람이 흉내 낼 수 없는 실험을 끊임없이 시도했으며, 가장 대중적인 화법인 서스펜스 스릴러 장르의 어법으로 동시대의 도덕적 무의식을 파고들면서 현대의 셰익스피어라 부를 만한 업적을 쌓았다. 1979년 미국영화연구소로부터 공로상을 수상했으며 1980년에는 엘리자베스 2세 여왕으로부터 기사 작위를 받았다. 대표작으로는 〈39계단〉〈현기증〉〈사이코〉〈이창〉〈새〉 등이 있다.

영화감독이다. 수십 편의 뛰어난 영화를 제작했다. 스릴러 영화라는 장르를 확립했으며, 그 장르의 일인자이다. 텔레비전용 영화와 미스터리 잡지까지 만들었다. 많은 금발 미녀 배우와 함께 작업한 것으로 유명하다. 대표적으로 모나코 왕비가 된 그레이스 켈리, 멜라니 그리피스의 어머니인 티피 해드런, 스웨덴 출신의 유명 배우인 잉그리드 버그만, 그리고 킴 노박 등과 작업했다.

이미 눈치 챘겠지만, 알프레드 히치콕 감독에 대한 설명이다. 서스펜스의 대가, 스릴러 영화의 거장으로 불리는 그는 지치지 않는 열정의 소유자였다. 아무리 스릴러 영화를 보지 않는 사람도 그의 작품 〈새〉나 〈사이코〉는 알 것이다. 그의 영화는 예술성과 대중성 두 마리 토끼를 다 잡았다는 평을 듣는다. 스릴, 서스펜스, 서프라이즈로 대중을 매혹한 이 사람의 사랑은 어떤 빛깔일까.

어린 시절 히치콕은 아버지가 전해주라는 한 장의 쪽지를 들고 경찰서에 갔다가 유치장에 갇히게 된다. 말썽을 부리는 아이가 아니었는데도, 아버지가 왜 그런 일을 했는지는 알 수 없지만, 어쨌든 그 사건 이후 히치콕은 경찰에 대한 공포심이 생겼다. 그래서 죽을 때까지 경찰을 두려워하며 살았고 운전면허를 딸 엄두도 내지 못했다. 또한 예수회 학교인 성 이그나티우스 학교를 다니면서 도덕적 공포감이 더 강화됐으며, 두려움으로 발전했다.

이런 성장 과정에서 히치콕의 의식 가장 밑바닥에는 두려움과 도덕적 순결에 대한 강박관념이 깔려 있었던 것 같다. 특히 학교와 어머니의 교육을 통해 형성된 이성에 대한 도덕심은 그의 평생을 관통한다. 그래서 일부 사람들은 히치콕을 ‘엄격한 교육의 희생물’이라며 웃었고, 또 어떤 사람은 그의 영화를 분석하면서 동성애자일 것이라고 추측했다. 그런데 이런 말들이 단순히 호사가들의 입방아라고 무시할 수만 없는 일화가 있다. 이 일화를 보면 확실히 히치콕의 도덕심이 별나긴 했다.

그의 절친한 친구이자 동료 감독인 잭 커트는 히치콕의 이런 성향을 놀려주려 작심하고는 그를 데리고 두 명의 콜걸과 함께 방에 들어갔다. 그러나 히치콕은 친구가 콜걸과 침대 위에서 뒹

구는 동안에도 자신의 파트너에게 눈길도 주지 않고, 의자에 똑바로 앉아 있었다. 그렇다고 그 자리를 뛰쳐나가는 건 콜걸에 대한 예의도 아니라고 여겨 그 자리를 지키고 앉아 있었으니, 이런 일이야말로 스릴이고, 서프라이즈다.

집은 그 자체로 온전히 존재하는 건축물이지만,
그건 반쪽의 진실이다. 집은 사람의 온기를 받고,
손길이 닿아야 집다워진다. 사랑도 그렇다.

이렇듯 엄격한 교육으로 경직된 이 남자는 어떤 여자를 어떻게 사랑했을까. 그의 사랑은 어떤 서스펜스도, 스릴도 서프라이즈도 없었다. 낭만적이거나 아름다운 얘깃거리도 없었다. 놀랍고 뛰어난 그의 영화에 묻혀서 그런 것도 아니다. 얘깃거리기가 되기에는 그의 사랑은 너무 평범했다. 그는 스물여섯 살에 시나리오 작가인 알마 레빌Alma Reville과 결혼해 딸 하나를 낳고 평생을 다정하게 살았다.

어떻게 그렇게 조용하고 평범하게 살 수 있었을까. 그의 영화

<이창>이나 <사이코>, <새> 등에서 보이는 관음증, 남자 주인공에게서 종종 보이는 오이디푸스 콤플렉스, 일상의 공간에서 찾아낸 불안, 집착, 살인 등을 보면, 어떤 형태로든 그의 내면에서 이런 것들이 들끓고 있었을 듯한데……. 그래서 영화계의 거장이 되고, 세상이 자기 손 안에 있다고 느꼈을 때, 어린 시절 강요된 터무니없는 강박관념에 반발하고 도덕과 순결을 할리우드의 포장지로 덮어버릴 수도 있었다. 그의 주변에서 자유분방한 사랑은 낯설지도 않고, 십자가를 지고 골고다 언덕을 오르는 일처럼 힘든 일도 아니었다. 그러나 그의 열정은 불편한 일을 저지르지 않았다.

히치콕의 사랑은 아주 평범했고, 보통 사람들의 사랑처럼 '집'을 닮았다. 집은 그 자체로 온전히 존재하는 건축물이지만, 그건 반쪽의 진실이다. 집은 사람의 온기를 받고, 손길이 닿아야 집다워진다. 집에도 표정이 있고, 감정이 있다. 그 안에 사는 사람에 따라 집은 다양한 모습으로 존재한다. 아무리 멋진 집도 사람의 온기가 채워지지 않은 집은 어딘지 모르게 휑하다. 고궁이나 관광지의 사람이 살지 않는 집을 보면 알 수 있다. 아무리 닦아도 마루는 윤이 나지 않고, 아무리 비싼 인테리어로 속을 채워놓아도 썰렁하다.

그러나 사람이 사는 집은 다르다. 사람의 손길이 닿는 만큼 윤이 나고, 빛을 발한다. 살다가 문득 지겨워져 벽지라도 하나 바꾸면 집은 또 다른 생기가 돌고, 마당에 새로운 꽃이 하나 피면 집 스스로 즐거워하는 게 보인다. 비록 무생물인 건축물에 불과하지만, 사랑처럼 따뜻한 손길이 닿고, 눈빛이 닿은 집은 다르다. 버려둔 집이 흉물이 되듯 사랑 역시 그렇다. 그리고 무엇보다 집은 전자제품이나 신발처럼 쉽게 사고 버리는 물건이 아니다.

사랑은 많은 걸 요구하지 않는다.
한때의 불같은 열정의 순간이 지나면 원숙하며 은은해져서
엄청난 에너지를 요구하지도 않는다.
따스한 손길과 마음이면 된다.

이런 히치콕식의 평범한 사랑에 비하면 엘리자베스 테일러의 경우는 사뭇 다르다. 할리우드의 유명한 여배우, 엘리자베스 테일러는 수많은 염문을 뿌렸고, 몇 번이나 결혼을 했다. 그런 그

녀가 한 말은 참 인상적이다. "나는 평생 화려한 보석들에 둘러싸여 살아왔어요. 하지만 내가 정말 필요로 했던 건 그런 게 아니었어요. 누군가의 진실한 마음과 사랑, 그것뿐이었어요." 할리우드 최고의 미녀 배우로 화려한 삶을 살았지만, 끝없이 진실한 사랑을 찾아 헤맨 여자의 고단함이 느껴진다. 그녀의 사랑은 우리 집 컴퓨터를 닮았다.

대부분의 가정이 비슷할 테지만, 우리 집 컴퓨터는 2,3년에 한 번씩 업그레이드를 시킨다. 아이들의 성화 때문이다. 그렇게 한두 번 하면 결국엔 업그레이드로 미처 감당이 안 되는 부분이 있고, 급기야 컴퓨터를 통째로 바꾸어야 한다. 처음 도스 프로그램이 깔린 컴퓨터를 산 이래로 근 20년 간 반복된 일이다. 그런데 업그레이드 시키거나 좀 더 용량이 큰 걸로 교체된 컴퓨터로 아이들이 하는 일이란 주로 게임이다. 게임은 언제나 무수한 용량을 요구한다.

그러나 사랑은 많은 걸 요구하지 않는다. 한때의 불같은 열정의 순간이 지나면 원숙하며 은은해져서 엄청난 에너지를 요구하지도 않는다. 따스한 손길과 마음이면 된다. 이런 사랑이야말로 우리 주변에서 제일 흔하게 볼 수 있는 평범한 사랑이다.

히치콕 역시 이런 평범한 사랑을 했다. 다만 히치콕이 품은 정열과 그가 속한 사회의 평균치에 비춰볼 때 이 평범함은 희귀한 경우여서 의혹의 눈길을 받기도 했다. 그래서 일부 사람들은 히치콕을 동성애자라고 추측하기도 했고, 평범함으로 위장한 특별함이 아닐까, 하는 의혹을 버리지 못했다. 이런 의혹에 대해 히치콕도 알고 있었다. 그는 자신을 소개할 때 "히치라고 합니다" 하고는 곧 이어서 "콕cock은 없습니다"라고 했다. 콕은 영어로 남자의 성기를 가리키는 속어다.

히치콕이 속한 세계에서 그의 사랑 방식은 어쩌면 모자라 보이거나 다른 사람을 불편하게 했는지 모른다. 그러나 그는 자신의 방식을 고수했다.

히치콕의 영화를 보는 사람들은 손에 땀을 쥐고, 침을 꼴깍 삼키며 서스펜스를 즐긴다. 서스펜스는 향유하는 입장에서 보면 즐거운 긴장이다. 그러나 만드는 입장에서 보면 서스펜스야말로 극도의 전략이 필요하다. 때로는 쉽게 결론에 도달하고 싶은 욕망도 참아야 한다. 히치콕 역시 그랬을 것이다. 하지만 최고 미녀 배우들과의 작업, 자신이 속한 사회에서 통용되던 방만한 열정, 그 미로를 별일 없이 거닌 일이 어찌 서스펜스를 만들던 전략과 어린 시절에 주입된 강박관념만으로 가능했으랴.

궁전을 짓고
그 안에 살다

카를 야스퍼스

사랑은 얼마나 빨리 오느냐보다 얼마나 오래 머무르느냐가 중요하다

카를 야스퍼스Karl Jaspers (1883~1969)

독일의 대표적인 실존주의 철학자. 하이델베르크 대학과 뮌헨 대학에서 법률을, 괴팅겐 및 하이델베르크 대학에서 의학을 수학했고, 하이데거와 함께 독일 실존철학을 창시했다. 칸트, 니체, 키에르케고르 등의 영향을 받았으며, 현대 문명에 의해 잃어버린 인간 본래의 모습을 지향했다. 나치 시대, 부인이 유대인이라는 이유로 교수직을 박탈당하는 수난을 겪기도 했으나, 제이 차 세계 대전 이후 왕성한 활동을 재개하면서 독일 철학계에 막대한 영향을 주었다.

"그는 가혹한 규율을 싫어했기 때문에 학교 당국과 끊임없이 충돌했으며, 실제로 학교 당국의 요구에 순종하지 않으면 퇴학시키겠다는 위협도 받았다. 1901년 하이델베르크 대학교 법학부에 입학했다. 다음해 뮌헨으로 옮겨 법학 연구를 계속했으나 그다지 열성적이지는 않았다. 그 후 6년 동안 베를린 대학교·괴팅겐 대학교·하이델베르크 대학교 등에서 의학을 연구했다…… 현상학의 방법을 임상 정신의학 분야에 도입…… '일반정신병리학'을 완성했다…… 실존철학에서 세계철학으로 넘어가…… 형이상학과 종교의 모든 체계에 대한 과거의 설명을 대체하기 위해 암호라는 개념을 도입했다…… 1969년 사망할 때까지 30권의 저서를 발표했고 그밖에도 많은 중요한 서한과 3만 쪽에 달하는 수고手稿를 남겼다."

백과사전에서 거칠게 모아본 실존주의 철학자 키를 야스퍼스에 대한 설명이다. 어느 책이나 인터넷을 뒤져도 비슷하다. 이

간략한 내용만 봐도, 야스퍼스는 칸트처럼 사랑의 '사'자도 몰랐을 것 같고, 키에르케고르처럼 신과 실존 사이에서 고뇌하느라고 약혼자와 끝내 결혼 따윈 못할 심각하고 무거운 사람 같지 않은가. 그러나 그는 사랑 예찬론자였다. 그의 사랑 이야기는 짧지만 강렬하고 편안하다.

그는 일찌감치 한 여자와 운명적인 사랑에 빠진다. 그녀는 친구의 누나로 그보다 네 살 연상이었다. 스물네 살의 야스퍼스는 친구와 함께 나타난 이 여인에게 첫눈에 반한다. 그는 이 순간을 이렇게 말한다. "고독, 우울, 자의식, 그 모든 것이 내가 스물네 살 되던 해, 게르투르트 마이어Gertrud Mayer를 만나는 순간 달라져버렸다. 그녀가 남동생과 방에 들어오던 순간을 나는 결코 잊을 수 없다…… 도저히 납득하기 어려운, 살아오면서 결코 기대해보지 못했던 일치감을 우리는 처음부터 느낄 수 있었다."

어쩌면 이 순간이 야스퍼스에겐 가장 큰 함정이었는지 모른다. 운명이라 믿기엔 사랑이 너무 빨리 찾아왔다. 숱한 사랑에 실패하고 아픈 다음에 와도 긴가민가할 판에 이제 겨우 스물네 살이었다. 더구나 삶에 대해 끝없이 의문을 품는 사람이었고, 의학도였으며 철학 역시 깊었던 사람이었다. 보통의 경우라면 이 첫 느낌에 의문을 품고 망설일 것이다. 이게 진실일까, 이 느

낌이 사랑인가, 젊은 한때 스쳐갈 열병이 아닐까, 혹은 이후에
올 사랑은 이 사랑보다 더 멋지지 않을지, 결혼까지 해야 하나,
너무 낙관적이고 철없는 짓은 아닐까, 곧 뒤따라올 게 빤한 실
망은 어쩌나, 이루어야 할 일이 산더미인데 이 미신 같은 전율
에 나의 열정을 소비할 필요가 있을까.

열정적이고 저돌적인 사람이라면 뒤는 걱정도 하지 않고 결
혼할 것이다. 신중하고 회의적인 사람이라면 오래도록 자신의
감정을 지켜볼 것이다. 철학자라면 어쩐지 후자를 택할 것 같
다. 그러나 야스퍼스는 게르투르트를 만나고 얼마 지나지 않아,
약혼하고 결혼을 한다.

사랑이 태양보다 더 뜨겁게 왔다가
얼음장처럼 식은 채로 오래 머물러 있다면
견디기 힘든 일이다.

사랑의 속도는 초속 몇 킬로미터일까. 얼마큼의 속도로 달려
와 충돌해야 총 맞은 것처럼 심장이 벌떡이고, 피가 역류하고

정신을 차리지 못하는 걸까. 다 알다시피 사랑의 속도는 세상의 모든 움직이는 종류만큼 제각각이다. 누군가에게 그 속도는 계절이 오가듯 해와 달을 기준으로 재어야 하지만, 야스퍼스처럼 초를 기준으로 재어야 하는 사람도 있다. 어쩌면 많은 사람들이 두 부류로 나뉘지 않을까. 가랑비에 옷 젖듯이 아주 천천히 오는 사랑과 번개처럼 오는 사랑.

그러나 사랑이 초속으로 내달려오든 거북이걸음으로 오든 중요하지 않다. 한번 온 사랑이 둘 사이에 얼마나 머무르는지가 더 중요한 게 아닐까. 사랑이 오는 속도만큼 사랑이 머무는 시간 역시 제각각이다. 어떤 사람은 화무십일홍花無十日紅(꽃은 열흘 붉지 못하다)을 패러디해서, 애무십일열愛無十日熱(사랑은 열흘 뜨겁지 못하다)이라 바꾸고 실천한다. 또 어떤 사람은 바위처럼 꿈쩍 않기도 한다. 그리고 바위처럼 꿈쩍 않는 사랑에서도 염두해야 할 게 있는데, 그게 사랑의 온도다. 사랑은 대개 계절처럼 순환하며 뜨거움과 차가움 사이를 오가기 마련이지만, 태양보다 더 뜨겁게 왔다가 얼음장처럼 식은 채로 오래 머물러 있다면 견디기 힘든 일이다.

야스퍼스에게 찾아온 사랑은 번개처럼 왔으니 번개처럼 떠나는 건 아닐까, 혹은 번개처럼 뜨겁게 왔다가 비처럼 싸늘하게 식어버리는 것은 아닐까, 하는 우려를 잠재운다. 운명을 만나기엔 조금 이른 듯한 나이에 번개처럼 찾아와서 아랫목처럼 오래도록 지속되었다. 야스퍼스는 자신의 첫 전율을 확신한 듯 망설이지 않고 결혼했으며, 그 확신을 실천했다.

이 부부는 둘 다 사색적이고 조용한 학구파라 강의하고 집필하는 데 시간을 보냈다. 당연히 집을 떠날 일도 많지 않으니 늘 붙어살았다. 조용한 결혼 생활이었다. 그렇게 근 30년 가까이 살았다. 아이도 없이 그 시간을 산 부부들은 안다. 때로는 무료하고, 권태기가 좀 더 길 수도 있다.

이들 부부에게 최대 시련의 시기도 있었다. 나치 정부가 들어선 때이다. 게르투르트는 유태인이었다. 나치는 야스퍼스가 그토록 사랑했던 철학의 본산 하이델베르크 대학의 교수직을 버릴 것인지, 이혼을 할 것인지 둘 중 하나를 택하라고 했다. 아주 가끔 이런 '선택'을 제시하는 것은 꽤 쓸모 있는 전략이 된다. 값싼 인간은 속으로 쾌재를 부르며 아주 어렵게 하나를, 당연히 후자를 고른다. 또 합리적이고 현명한 척하는 약은 인간은 나름대로 이유와 설명을 충분히 곁들여서 후자를 택한다. 어쨌든 후자를 택해야만 선택을 강요한 자의 목적이 달성된다. 그러나 야스퍼스는 전자를 택한다. "아내는 내 철학의 모든 것이다. 아내

없이는 내 철학도 없다."

결코 쉬운 일은 아니지만, 당연하지 않은가. 철학이란 것이 인간을 버리면 뭐가 되겠는가? 그럼에도 많은 철학자들이 이데올로기를 택하고 인간을 버렸다. 그런 의미에서 야스퍼스는 진정한 철학자였다. 그러자 나치 정부는 야스퍼스의 교수직뿐만 아니라, 저술이나 강연 활동은 물론 여행도 금지했다. 심지어 살림을 도와주던 가정부를 해고시키고 나치 여장교를 입주시켜 이들의 일거수일투족을 감시했다. 둘은 스위스 망명을 원하지만, 이 역시 야스퍼스만 가능했다. 결국 야스퍼스도 망명을 포기한다.

사랑은 황홀한 마음이다.
가치가 있기 때문에 사랑에 빠지는 게 아니라,
사랑에 빠지는 것 자체가 가치 있는 일이다.

끝이 보이는 고난은 고난 체험이다. 고난은 끝이 보이지 않을 때 진정 고난이 된다. 그러니 나치 정권이 언제 끝날지 알 수 없는 상황에서 겪는 암울함은 더 깊고 숨이 막혔을 것이다. 한정된 공간에서 늘 따라다니는 감시자와 함께 있어야 한다면, 아무리 사랑한다 해도 한 번쯤 아내를 원망하고, 혼자만이라도 진창에서 빠져나오고 싶은 마음이 없었을까. 그리고 이미 석학으로 중요한 인물이었던 야스퍼스는 언제라도 새로운 선택을 할 수 있었다. 어쩌면 나치는 그런 날이 올 것이라 믿었는지 모른다.

그러나 유능제강柔能制剛 약능제강弱能制强, 부드러운 것이 딱딱한 것을 이기고 약한 것이 강한 것을 이긴다고 했다. 야스퍼스에겐 세상에서 가장 부드러운 사랑이 있었다. 야스퍼스는 말했다. "사랑은 황홀한 마음이다. 가치가 있기 때문에 사랑에 빠지는 게 아니라, 사랑에 빠지는 것 자체가 가치 있는 일이다." "사랑이 없는 곳에는 죽음이 있다. 그러나 사랑을 하면 죽지 않는다." 이들이 모든 것과 단절된 채 8년을 버틸 수 있었던 것은 부드럽지만 단호하고, 호들갑스럽지 않지만 뜨거운 이 사랑 때문이었을 것이다.

많은 사람들이 아이를 낳기 전에는 훌륭한 부모이고, 연애를 해보기 전에는 낭만적인 사랑의 대가이며, 국민이 없을 때 가장 위대한 정치가이다. '추상적인 사상가들은 실존의 체계라는 궁전 같은 집을 짓고, 그 개인적인 삶은 궁전 마당에 있는 개집이나 헛간에서 산다'는 말도 있다. 키에르케고르가 추상적인 사유와 구체적인 실존의 차이를 간과한 추상 철학자들을 비꼰 말이다. 어차피 사랑하는 사람들 속내는 그들만이 안다. 그렇더라도 궁전과 개집 사이나, 표면적인 잉꼬 부부에서 내부적으로는 이혼 수속 중인 부부처럼 격차가 있다면 문제가 있다. 그러나 야스퍼스는 궁전을 짓고, 그 궁전에서 산 게 틀림없다. 진정으로 어여쁜 사랑을 했으니까.

사랑은
이발소 그림처럼

토머스 킨케이드

사랑이 좀 촌스럽고 통속적이면 어떠하리

토머스 킨케이드Thomas Kinkade (1958~)

따뜻하고 정겨운 정취, 이국적이면서도 편안한 공간을 그린 그림으로 많은 이들에게 감동을 선사하고 있는 화가다. 국내에서는 사실적인 목가주의, 전원주의 화풍의 크리스마스카드 그림으로 친숙하다. 매년 1억 달러 이상을 벌 정도로 엄청난 성공을 거두었는데 수익 중 일부는 어린이들의 예술적 창작 능력을 고취시키는 국제적 프로그램에 지원을 한다. 유치원 시절에 만난 첫사랑과 결혼했고, 자신의 모든 작품에 아내 내니트Nanette의 이니셜인 'N'을 숨겨놓을 만큼 아내에 대한 변함없는 사랑으로 유명하다.

일명 '이발소 그림'이라고 불리는 그림들이 있다. 밀레의 〈만종〉 〈이삭줍기〉가 대표적이고, 풍만한 몸을 눕혀 새끼들에게 젖을 빨리는 돼지 그림이 그것이다. 그런가 하면 물레방아가 도는 산골 풍경도 있고, 소를 몰며 쟁기질하는 농부 그림도 있다. 때로 그런 그림 위로 멋부려 쓴 푸시킨의 시 〈삶〉이 있기도 하다. 오빠나 아버지를 따라가서 이발소에 걸린 이 시를 읽으면, 어린 가슴에 싸한 슬픔이 밀려오면서 삶이 처연하게 느껴지곤 했다. '삶이 그대를 속일지라도 슬퍼하거나 노하지 말라…….' 그리고 밀려오는 고즈넉한 평화.

그러나 오늘날 이발소 그림은 통속의 대명사로 전락했다. 아무리 대가 밀레라도 어쩔 수 없다. 이발소 그림을 멋진 예술이라고 말하기엔 어쩐지 주위 눈치가 보인다. 어떤 위대한 예술보다 긍정적이고 평화로운 감동을 주어도 그렇다. 이제 더 이상 밀레의 〈만종〉이 걸린 가게를 볼 수 없다. 이발소와 함께 이발소 그림도 사라졌다. 촌스럽다는 이유로. 그런데 이발소 그림 같은 목가적인 그림으로 우리에게 감동을 주고 사랑받는 화가가 있다.

토마스 킨케이드. 그는 현대에 가장 대중적으로 성공한 화가이다. 그의 그림은 대단히 목가적이고 이발소 그림 풍이다. 우리에게는 크리스마스카드 그림으로 유명한 그의 그림은 따뜻하고 행복하며 환상적이다. 도시를 그려도, 비가 오는 날을 그려도 따뜻하다. 심지어 그가 그리면 도박과 쾌락의 도시 '라스베이거스'도 환상적이고 경건하다. 그토록 많은 색깔을 사용하면서도 요란하지 않고 따뜻하고 행복하다.

일부 사람들은 그의 그림을 '미술의 사생아'라고 하고, '사회와 관련성이 없는 그림'이라고도 한다. 하지만, 그의 그림은 매년 1억 달러 이상의 수익을 그에게 안겨준다. 심지어 그의 그림만 취급하는 갤러리 체인이 세계 여러 나라에 있다. 전문가의 평과 상관없이 대중이 그의 그림을 좋아한다는 뜻이다.

그의 그림은 목가적 향수를 느끼게 하고, 잊힌 시대를 그리워하게 하는 힘이 있다. 이발소 그림도 그랬다. 하지만 이발소 그림은 잊혔고, 그의 그림은 현재 미국을 비롯한 여러 나라에서 상종가를 기록한다. 사람들은 크리스마스카드 같은 그 그림 앞에서 기꺼이 지갑을 연다. 이처럼 그의 그림이 사랑받는 또 다른 이유는 그의 삶 때문이다. 그의 가정은 많은 사람들이 이상적이라고 생각하는 모습이기 때문이다. 즉, 그의 삶은 자신의 그림과 닮았고, 사람들은 그 사실을 안다.

예술가의 삶과 작품이 일정 부분 유기적인 관계를 갖기는 하지만 일치하지는 않는다. 그럼에도 자신의 작품에 삶이 그대로 묻어나는 작가들도 꽤 있다. 〈절규〉로 공포를 그린 뭉크의 삶이 그랬고, 행복한 색채로 신부를 그렸던 샤갈이 그랬으며, 연인이 바뀔 때마다 그림도 달라졌던 피카소 역시 그랬다. 물론 그렇지 않은 예술가도 많지만……

아무튼 토마스 킨케이드의 삶은 자신의 그림처럼 환상적이다. 이혼을 밥 먹듯 하는 사회에서 그는 유치원 시절에 시작된 첫사랑과 결혼했고, 아직도 자신의 부인에 대한 사랑이 건재함을 과시한다. 그래서 아내 '내니트'에 대한 사랑의 표현으로 그녀의 이름 이니셜 'N'을 작품 곳곳에 숨겨놓는다. 또한 딸들이 태어나면서 딸의 이름 이니셜도 숨겨놓기 시작했다. 그림이 팔리면 일정 부분 기부도 한다.

사람들은 그의 그림을 사면서 그의 바른 생활도 부러워한다. 그의 삶과 그림은 사랑과 섹스, 질투와 분노, 순정과 지겨움이 혼재된 세상에 얽혀 사는 사람들의 로망이다. 그래서 영화로도 만들어졌다. 2008년 크리스마스에 맞춰 나온 영화 〈크리스마스 별장〉은 그의 자전적 이야기를 담았다. 영화도 그림처럼 평화롭고 따스하다. 가족과 마을, 사람 사는 게 저런 거구나 하는 감동이 뭉클하게 온다. 물론 그의 그림을 사회성 부족이나 키치라고 말하는 것처럼, 영화 역시 너무 따스해서 지루하다는 사람도 있다. 그래도 새로움을 추구하는 전문가들이나 고상한 이웃의 눈치를 보지 않는다면, 참 따뜻하고 행복한 영화다.

이제 오십대인 그가 앞으로 어떤 삶을 살지는 아무도 모른다. 돈과 명예 뒤에 따르는 여자와 술과 노름이 나머지 생을 점령할 수도 있다. 그러나 그가 낭만에 대해 이야기한 것을 보면 그럴 가능성은 별로 없는 듯하다. 보통 낭만이라면 어딘지 어수룩하고, 조금은 비현실적이며, 약간의 알코올 냄새도 풍겨야 할 듯하다. 그러나 그의 낭만은 참 반듯하다. "낭만이란 기분이나 꽃이나 바이올린 따위가 아니다. 그런 것들도 분명 낭만적 순간의 한 부분이 될 수는 있지만 낭만이란 오히려 세상을 만나는 방식, 일련의 습관, 태도라고 말할 수 있다. 경험을 음미하는 일에 우선순위를 두고 자신의 경험을 더 생생한 추억거리로 만드는 일에 시간과 에너지를 기꺼이 투자할 때 우리는 낭만적인 삶을 사는 것이다."

누군가의 사랑이 비 오는 날 향나무 타는 연기처럼
마을로 번지며 모두에게 행복을 주면 더욱 좋다.
이발소 그림에 감동했던 어린 날처럼.

우리가 더 이상 이발소 그림을 향유하지 않는 이유는 통속성 혹은 촌스러움 때문이다. 또 희소성이 없기 때문이기도 하다. 좀 더 솔직히 말하면 전국 방방곡곡 촌구석까지 알뜰하게 퍼져 시골 오일장에서나 팔 것 같은 싸구려 느낌 때문이다. 희소성이 사라졌다거나 통속적이란 이유의 근저엔 알량한 타인의 평가가 깔려 있다. 앤디 워홀의 작품은 프린트로 찍어냈고, 실제로 그는 자신의 작업실을 공장이라고 불렀다. 그래도 사람들은 그의 작품을 이발소 그림처럼 취급하지 않는다. 그 외에도 이발소에 걸리지 않았으나 통속적인 많은 그림들이 여전히 명품으로 취급되며, 고급 취향으로 향유된다. 또 어떤 그림은 두고 보기엔 거부감이 들지만, 위대한 명작으로 대우 받는다. 분명히 모든 예술품엔 품격이 있다. 하지만 예술품에 대해 고급이니, 저급이니 하는 평가는 전문가들 몫이다. 우리는 우리의 감성대로 보고 듣고 느끼지만 가끔 이 전문가들의 영향을 받는다.

사랑에도 품격이 있다. 그러나 사랑에는 전문가가 없다. 그러니 타인의 눈에서 품격을 찾을 필요가 없다. 결혼 전에 오로지 한 남자만을 알았거나, 한 여자만을 안 것을 촌스럽게 생각하거나, 결혼과 사랑을 분리시키지 않고 매달리는 상대를 지지리 못난이로 취급할 이유가 없다. 몇 다스의 상대를 만나지 않고 결혼하는 게 미련한 일은 아니다. 또 가진 것 없고, 못나고, 사회적으로 화려하지 않은 사람과 사랑에 빠지는 일을 어리석다고 비웃을 일도 아니다. 서른 넘고, 마흔이 다 되도록 연애 한번 못해보다가 간신히 사랑 하나 만나서 허겁지겁 못 다한 사랑을 쏟아 붓는 것을 쑥스러워 할 필요도 없다.

내 사랑에 타인이 손대는 건 싫어하면서, 타인의 눈을 박는 것은 어리석다. 우리가 이발소마다 푸시킨의 시가 담긴 밀레의 그림을 맘껏 걸고 행복하던 시절처럼, 내게 온 사랑에 감동받고 감사하면 된다. 누가 뭐래도 이발소 그림은 평화롭고 따뜻하며 감동적이고 행복하다. 어쩌면 전 세계 군인들의 손에서 제일 빨리 무기를 내려놓게 하는 그림일지 모른다.

좀 촌스러우면 어떤가. 통속적이고 개나 소나 다 하는 그런 것이면 어떤가. 사랑은 우아하지 않아도 된다. 호텔에서 코스 요리를 먹으며 우아하게 둘만 사랑하는 것도 좋다. 그러나 누군가의 사랑이 비 오는 날 향나무 타는 연기처럼 마을로 번지며 모두에게 행복을 주면 더욱 좋다. 이발소 그림에 감동했던 어린 날처럼, 킨케드의 사랑처럼.

누군가는 토머스 킨케이드가 독실한 크리스천이라서 그렇다고 할지 모른다. 그러나 킨케이드가 '말씀'으로 시작해서 '말씀'으로만 끝나는 사랑을 한 건 아니다. 크리스천이라서 그랬다면 이 세상은 이발소 그림으로만 수천 번 덮였을 것이다. 본디 사랑은 통속적이다.

늘 그렇게
처음처럼

박수근

누구나 변치 않는 사랑을 꿈꾼다

박수근朴壽根 (1914~1965)

우리 민족의 일상적인 삶의 모습을 따뜻한 시선으로 그려낸 서민 화가이자 20세기 가장 한국적인 화가이다. 단순한 형태와 선묘를 이용하여 대상의 본질을 부각시키고, 우리 민족적 정서를 거친 화강암과 같은 재질감으로 표현해 냄으로써 한국적인 미의 전형을 이루어냈다. 대표작으로 〈소녀〉〈산〉〈강변〉 등이 있다. 그의 작품 〈노상〉은 2006년 당시 10억 4,000만 원이라는 한국 최고가 기록을 세우며 팔렸으며, 2007년 3월에는 〈시장의 사람들〉이 25억에 낙찰되었고, 동년 5월에 〈빨래터〉가 45억 2,000만 원에 낙찰되어 그 기록을 경신했다.

‘기쁠 때나 슬플 때나 어떠한 경우라도 항시 사랑하고……’ 사는 일. 매너리즘의 기름통에 풍덩 빠져 절여진 것 같더라도, 이 결혼서약처럼 살아야 하는 건 만고의 진리다. 하지만 ‘만고의 진리’라는 수식어가 붙은 일들은 대개 잘 지켜지지 않는다. 평범한 것이 가장 어렵다는 말은 그래서 설득력이 있다.

우린 종종 황당한 일과 부딪치곤 한다.
‘사랑하지만……’이 그것이다. 상대를 사랑하지만,
바람도 피고 한눈도 팔고 싶은 마음.

화가 박수근은 광산업을 하는 넉넉한 집에서 태어났다. 위로

누나만 셋 있었으니 그가 어떤 대접을 받았을지는 짐작이 가고도 남는다. 그러나 박수근이 일곱 살 때 아버지는 사업에 실패하고, 전답마저 홍수로 떠내려간 이후 집안은 시계 수리점을 하며 근근이 살아가는 형편으로 전락한다. 그래서 열두 살 되던 해 밀레의 〈만종〉을 보고 화가의 꿈을 꾸지만, 박수근은 가정형편 때문에 공부를 계속할 수가 없었다.

그는 홀로 산으로 들로 다니며 스케치를 하고, 농가에서 일하는 여인들과 나물 뜯는 소녀들의 모습을 그렸다. 주위 사람들의 격려는 그에게 큰 힘이 되었다. 그러다 열여덟 살이 되던 해, 수채화 〈봄이 오다〉로 11회 '선전'에서 처녀 입선을 한다.

하지만 기쁨도 잠시, 어머니가 유방암에 걸려 세상을 뜬다. 박수근이 스물한 살 때였다. 이후 그의 아버지는 몇 번의 결혼을 하지만 실패하고, 가족들은 흩어지게 된다. 그도 가족들과 헤어져 춘천으로 가서 독학으로 그림 공부를 한다. 그러다 15회, 18회 '선전'에 연거푸 입상한다. 이 무렵 그의 아버지는 다시 재혼하여 금성에서 시계 수리점을 차렸다. 이 집엔 두 부부와 박수근의 막내 동생이 살았다. 춘천에 있던 박수근은 부모가 계신 이 집에 왔다가 운명의 여인을 만난다.

김복순은 열일곱 살 여고생이었다. 부잣집 장녀였고, 당시에 흔하지 않던 여고생이었으니 한다하는 여러 집안과 혼담이 오가는 중이었다. 그러나 박수근의 계모는 김복순의 집과 위 아랫집으로 왕래하면서 은근히 박수근의 짝으로 그녀를 점찍어놓고 있었다. 그래서 마침 집에 온 박수근을 붙잡고 결혼할 것을 재촉했다. 막내 동생도 윗집에 놀러 다니면서 김복순에 대한 이야기를 열심히 주워 날랐다. 생활 기반이 탄탄하지 않았던 박수근은 결혼할 마음이 없었으나, 차츰 그녀에게 마음이 쏠리기 시작한다. 그는 그녀를 보기 위해 어머니께 점심을 가져다준다는 핑계로 빨래터에 갔다. 거기서 그녀를 확실하게 보고 결심을 굳힌다.

박수근의 계모는 열심히 편지를 날랐다. 그러나 편지는 들키고 말았다. 김복순은 아버지에겐 애틋한 자식이었다. 결혼하고 오래도록 아이가 없다가 태어난 첫 자식인데다, 사별한 아내가 낳은 자식이었다. 그러니 초등학교만 겨우 졸업한 가난한 집 장남과 혼인시킬 마음은 당연히 없었다. 김복순의 집에서는 서둘러 춘천에서 병원을 하는 집 아들과 약혼을 했다.

하지만 인연은 따로 있었다. 어쩌면 신은 오래전에 했던 한 소녀의 간절한 기도를 잊지 않았던 것인지 모른다. 김복순이 열두 살 되던 어느 겨울밤, 마치 무엇에 홀린 듯 자다가 벌떡 일어나 기도를 했다. "하나님, 이담에 커서 제가 시집을 갈 때에는 우리처럼 부잣집으로 시집보내지 마시고, 하루 세끼 조죽을 끓여 먹어도 좋으니 예수님 믿고 깨끗하게 사는 집으로 시집가게 해주세요."

사실 김복순의 집은 부자였으나, 그 아버지는 술과 여자에 파묻혀 살았다. 첩도 많았고, 노름도 했다. 주색잡기에 빠진 아버지 같은 사람을 만나고 싶지 않았던 어린 소녀의 간절함은 곧 운명이 되었다.

남자와 여자가 사랑하여 가정을 꾸리는 데 있어서 가장 중요한 것은 무엇일까. 물론 사랑은 기본이다. 그러나 우린 종종 황당한 일과 부딪치곤 한다. '사랑하지만……'이 그것이다. 상대를 사랑하지만, 노름도 하고 싶고, 첩질도 하고 싶은 마음. 김복순은 어려서부터 '사랑하지만……'이 무엇을 의미하는지 어렴풋이 알았던 것이다. 사랑은 사랑으로 끝나야 한다. 사랑에 토를 달면 이미 사랑이 아니다. 어쩌면 열두 살 어린 계집아이가 자신도 모르게 기도한 게 바로 토가 달리지 않은 사랑이었는지 모른다.

"나는 그림 그리는 사람입니다. 재산이라곤 붓과 팔레트밖에 없습니다. 당신이 만일 승낙하셔서 나와 결혼해주신다면 물질적으로는 고생이 되겠으나 정신적으로는 당신을 누구보다도 행복하게 해드릴 자신이 있습니다. 나는 훌륭한 화가가 되고 당신은 훌륭한 화가의 아내가 되어주시지 않겠습니까?" 어린 김복순이 저도 모르게 기도한 소원이 이루어지는 순간이었다.

'사랑'과 '하지만' 사이에는 이해 부족과 소통 부족이 있다.
사랑에서 이해는 접착제며 보존제다. 소통과 이해는
사랑을 견고하게 한다. 오랜 세월 앞에서도 굳건하다.

박수근과 김복순은 결혼 전부터 그리고 결혼 이후 잠시 떨어져 사는 동안에도 엄청나게 많은 편지를 교환했다. 심지어 박수근이 평양에 있는 동안에는 하루에 몇 통씩 편지를 보내기도 했다. 오죽하면 우체부가 "참들 너무해요. 편지란 가끔씩 하는 거지 이렇게 매일 하는 사람이 어디 있어요"라며 타박을 할 정도였겠는가. 남편이 평양이 추워 견딜 수 없다고 하면, 아내는 눈에 병이 생길 정도로 밤새워 뜨개질을 해 보내주고, 남편은 다시 그 옷을 입은 사진을 부쳐주었다.

편지만큼 자신의 속내를 속속들이 전할 매체가 또 있을까. 속속들이 자신의 마음을 주고받으니, '사랑'에 '하지만'이 붙을 짬이 없었을 것이다. '사랑'과 '하지만' 사이에는 이해 부족과 소통 부족이 있다. 사랑에서 이해는 접착제며 보존제다. 소통과 이해는 사랑을 견고하게 한다. 오랜 세월 앞에서도 굳건하다.

가난했던 박수근의 아내가 둘째 아이를 낳았을 때는 대동아전쟁이 한창일 때여서 공출이 심했다. 쌀이 귀해서 그의 아내는 갓난아기를 업고 땡볕에 엎드려 나물을 캐야 했다. 그런데 어느 날 박수근이 아내를 위해 양산을 사왔다. 먹을 게 없어 젖도 제대로 나오지 않는 형편에 양산이라니. 아내는 추궁했고, 할 수 없이 박수근은 실토했다. "당신이 아이를 업고 뜨거운 뙤약볕 아래에서 다니는 게 너무도 가슴 아파서……. 이 양산은 어느 상점에서 훔쳐 온 것이라오."

연애할 때라면 누구나 그럴 수 있다. 그러나 첫애도 아니고, 둘째 아이를 업고 다니는 아내를 위해 밥도 아닌 양산을 훔쳐오고 싶은 남자가 박수근 외에 또 있을까. 오랜 세월이 지난 후 박수근의 아내는 '그 뜨거운 사랑을 생각하면 지금도 몸 둘 바를 모를 지경이다. 한없이 뜨거운 사랑……'이라며 여전히 눈시울을 붉혔다.

일곱 살 때 모친을 여의고 계모와 엄하기만 한 부친 밑에서 자란 나는 늘 사랑에 굶주려 있었다. 달 밝은 겨울밤이면 뒤꼍 툇마루에 앉아 하염없이 눈물을 흘리곤 했는데, 결혼을 하고서야 잃었던 정을 되찾은 셈이다. 그이는 나를 얼마나 아끼고 사랑해주셨는지 마치 잃었던 보물이라도 얻은 양 애지중지 보살펴주신 것이다. 또 너무나 진중하시고 점잖은 분이어서 남편이라기보다는 어머니 같고 오빠와도 같은 분으로 한없이 존경의 염念을 갖게 하는 분이었다.

– 김복순 일기 중에서

하루는 좀 일찍 들어오시더니 "나는 외출해서 돌아올 때 우리 집 용마루만 보아도 내 집이 얼마나 사랑스러운지 모른다"고 말씀하신다. 뭐가 그리 사랑스러우냐고 물었더니 "먼발치에서 우리 집을 바라보면서 저 집 안에 죽었다 살아온 나의 사랑하는 처자식과 동생이 있다는 생각을 하면 그렇게도 기쁠 수가 없다"고 하신다. 그이는 자기가 밖에 나가서 잡수신 것은 조금이라도 호주머니에 넣어 가져다주셨고, 언제나 새해를 맞아 달력이 새로 나오면 나의 생일날을 찾아 빨강 연필로 크게 동그라미를 그려놓고, 나의 생일 전날 저녁에는 과일과 고기를 사들고 들어오셔서 인숙이 보고 "내일은 너의 어머니 생일이니 네가 아침에 밥을 지어라"고 하신다.

결혼 후 한 번도 나의 생일을 그저 넘긴 적은 없었다. 돈이 넉넉히 있는 것도 아니고 버스 타실 차비를 아껴 미리 양복 윗저고리 안 호주머니에 모아 두었다 그렇게 해주신 생각을 하면 너무나도 감사하며, 지금도 내 생일날이 오면 그이가 전날 저녁에 먹을 것을 한 아름 사들고 들어오시던 모습이 너무나도 선명하게 떠올라 나 혼자 울곤 한다.

- 김복순 일기 중에서

신혼여행지에서 남편은 하모니카를 불었다. 그 반주에 맞춰 노래를 부르던 신부는 아주 오랜 세월이 지난 뒤, 그 일이 꿈결 같다고 말했다. 그러나 평생 이어진 고난과 역경에도 눌리지 않은 어여쁜 사랑이야말로 꿈같은 일이다. 이 처음의 애틋한 사랑은 둘이 사별하기까지 이어졌다.

하지만 신은 열두 살 어린 소녀의 간절한 소원을 들어주긴 했으나, 아름다운 것은 짧다는 보편의 진리 역시 지켰다. 박수근은 쉰 한 살의 나이에 지병으로 그녀의 곁을 떠났다.

분명 무균질의 순도 높은 감정만이 사랑은 아니다. 하지만 사랑은 토 달기를 원하지 않는다. 사랑은 사랑으로 속해야 한다. 박수근의 사랑처럼.

국립중앙도서관 출판시도서목록(CIP)

오늘밤 주제는 사랑 : 사랑한, 사랑하고 있는, 사랑할 이 세상 모든 연인들을 위하여
/ 이명인 지음. -- 서울 : 예담, 2010
    p. ;   cm

ISBN 978-89-5913-460-1 03810 : \11000

사랑[愛]

818-KDC5
895.785-DDC21   CIP2010002973

오늘밤 주제는 사랑

초판1쇄 인쇄 2010년 8월 20일   초판1쇄 발행 2010년 9월 1일

지은이 이명인 | **펴낸이** 연준혁

출판 6분사 편집장 이진영
편집 정낙정 박지숙 | **디자인** 강홍주
제작 이재승 송현주

펴낸곳 (주)위즈덤하우스 | **출판등록** 2000년 5월 23일 제13-1071호
주소 경기도 고양시 일산동구 장항동 846번지 센트럴프라자 6층
전화 031-936-4000 | **팩스** 031-903-3895
홈페이지 www.wisdomhouse.co.kr | **전자우편** wisdom6@wisdomhouse.co.kr
출력 엔터 | **종이** 화인페이퍼 | **인쇄 · 제본** 영신사

값 11,000   ISBN 978-89-5913-460-1 (03810)